且讀

21

叶圣陶散文精读

叶圣陶 著

浙江人民出版社

图书在版编目（CIP）数据

散文精读. 叶圣陶 / 叶圣陶著. —杭州 ：浙江人民出版社，2019.6（2021.5重印）
（且读）
ISBN 978-7-213-09276-3

Ⅰ. ①散… Ⅱ. ①叶… Ⅲ. ①散文集-中国-现代 Ⅳ. ①I266

中国版本图书馆CIP数据核字(2019)第082994号

散文精读·叶圣陶

叶圣陶 著

出版发行：浙江人民出版社（杭州市体育场路347号 邮编 310006）
市场部电话：(0571)85061682 85176516
责任编辑：余慧琴
营销编辑：陈雯怡
责任校对：陈 春
责任印务：陈 峰
封面设计：观止堂_未氓
电脑制版：杭州天一图文制作有限公司
印 刷：浙江新华印刷技术有限公司
开 本：880毫米×1230毫米 1/32 印 张：7
字 数：130千字 插 页：2
版 次：2019年6月第1版 印 次：2021年5月第2次印刷
书 号：ISBN 978-7-213-09276-3
定 价：36.00元

叶圣陶

1 | 3
2 | 4

❶ 写作

❷ 与巴金在一起

❸ 与小学生们在家中畅谈

❹ 全家福（叶圣陶、胡墨林夫妇，二排从左往右：夏满子、叶至诚、叶至美，后排：叶至善、叶蠖生）（摄于1953年）

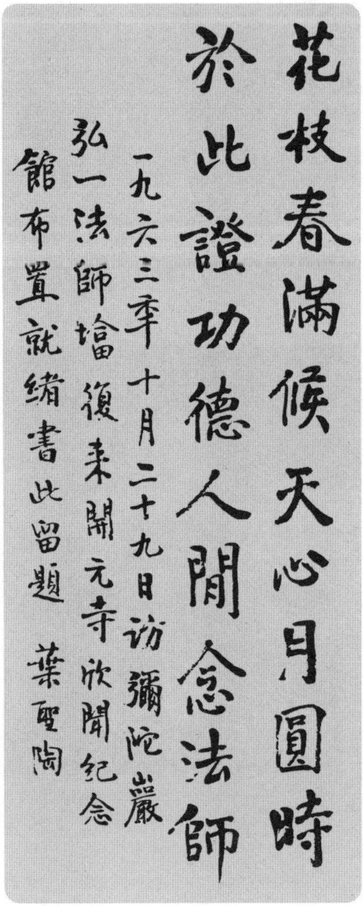
花枝春滿候天心月圓時
於此證功德人間念法師
一九六三年十月二十九日訪彌陀巖
弘一法師墖復來開元寺欣聞紀念
館布置就緒書此留題 葉聖陶

书法作品

目录

人物

游记

抒情

散文精读·叶圣陶 »

牛

在乡下住的几年里，天天看见牛。可是直到现在还显现在眼前的，只有牛的大眼睛。冬天，牛拴在门口晒太阳。它躺着，嘴不停地磋磨，眼睛就似乎比忙的时候睁得更大。牛眼睛好像白的成分多，那是惨白。我说它惨白，也许为了上面网着一条条血丝。我以为这两种颜色配合在一起，只能用死者的寂静配合着吊丧者的哭声那样的情景来相摹拟。牛的眼睛太大，又鼓得太高，简直到了使你害怕的程度。我进院子的时候经过牛身旁，总注意到牛鼓着的两只大眼睛在瞪着我。我禁不住想，它这样瞪着，瞪着，会猛地站起身朝我撞过来。我确实感到那眼光里含着恨。我也体会出它为什么这样瞪着我，总距离它远远地绕过去。有时候我留心看它将会有什么举动，可是只见它呆呆地瞪着，我觉得那眼睛里似乎还有别的使人看了不自在的意味。

我们院子里有好些小孩，活泼、天真，当然也顽皮。春天，他们扑蝴蝶。夏天，他们钓青蛙，谷子成熟的时候到处都有油蚱蜢，他们捉了来，在灶堂里煨了吃。冬天，什么小生物全不见了，他们就玩牛。

有好几回，我见牛让他们惹得发了脾气。它绕着拴住它的木桩子，一圈儿一圈儿地转。低着头，斜起角，眼睛打角底下瞪出来，就好像这一撞要把整个天地翻个身似的。

孩子们是这样玩的：他们一个个远远地站着，捡些石子，朝牛扔去。起先，石子不怎么大，扔在牛身上，那一搭皮肤马上轻轻地抖一下，像我们的嘴角动一下似的。渐渐的，捡来的石子大起来了，扔到身上，牛会掉过头来瞪着你。要是有个孩子特别胆大，特别机灵，他会到竹园里找来一根毛竹。伸得远远地去撩牛的尾巴，戳牛的屁股，把牛惹起火来。可是，我从未见过他们撩过牛的头。我想，即使是小孩，也从那双大眼睛看出使人不自在的意味了。

玩到最后，牛站起来了，于是孩子们轰的一声，四处跑散。这种把戏，我看得很熟很熟了。

有一回，正巧一个长工打院子里出来，他三十光景了，还像孩子似的爱闹着玩。他一把捉住个孩子，“莫跑，”他说，“见了牛都要跑，改天还想吃庄稼饭？”他朝我笑笑说，“真的，牛不消怕得，你看它有那么大吗？它不会撞人的。牛的眼睛有点不同。”

以下是长工告诉我的话。

“比方说，我们看见这根木头桩子，牛眼睛看来就像一根撑天柱。比方说，一块田十多亩，牛眼睛看来就没有边，没有沿。牛眼睛看出来的东西，都比原来大，大许多许多。看我们人，就有四金刚那么高，那么大。站到我们跟前它就害怕了，它不敢倔强，随便拿它怎么样都不敢倔强。它当我们只要两个指头就能捻死它，抬一抬脚拇指就能踢它到半天云里，我们哈气就像下雨一样。那它就只有听我们使唤，天好，落雨，生田，熟田，我们要耕，它就只有耕，没得话说的。你说对不对，幸好牛有那么一双眼睛。不然的话，还让你使唤啊，那么大的一个力气又蛮，踩到一脚就要痛上好几天。对了，我们跟牛，五个抵一个都抵不住。好在牛眼睛看出来，我们一个抵它十几个。”

以后，我进出院子的时候，总特意留心看牛的眼睛，我明白了另一种使人看着不自在的意味。那黄色的浑浊的瞳仁，那老是直视前方的眼光，都带着恐惧的神情，这使眼睛里的恨转成了哀怨。站在牛的立场上说，如果能去掉这双眼睛，成了瞎子也值得，因为得到自由了。

1946年12月21日

1981年10月13日修改

荷花

清晨，我到公园去玩，一进门就闻到一阵清香。我赶紧往荷花池边跑去。

荷花已经开了不少了。荷叶挨挨挤挤的，像一个个碧绿的大圆盘，白荷花在这些大圆盘之间冒出来。有的才展开两三片花瓣儿。有的花瓣儿全都展开了，露出嫩黄色的小莲蓬。有的还是花骨朵儿，看起来饱胀得马上要破裂似的。

这么多的白荷花，一朵有一朵的姿势。看看这一朵，很美；看看那一朵，也很美。如果把眼前的这一池荷花看作一大幅活的画，那画家的本领可真了不起。

我忽然觉得自己仿佛就是一朵荷花，穿着雪白的衣裳，站在阳光里。一阵微风吹来，我就翩翩起舞，雪白的衣裳随风飘动。不光是我一朵，一池的荷花都在舞蹈。风过了，我停止舞蹈，静静地站在那儿。蜻蜓飞过来，告诉我清早飞行的快乐。小鱼在脚下游过，告诉我昨夜的好梦……

过了好一会儿，我才记起我不是荷花，我是在看荷花呢。

生　活

乡镇上有一种“来扇馆”，就是茶馆，客人来了，才把炉子里的火扇旺，炖开了水冲茶，所以得了这个名称。每天上午九十点钟的时候“来扇馆”却名不副实了，急急忙忙扇炉子还嫌来不及应付，哪里有客来才扇那么清闲？原来这个时候，镇上称为某爷某爷的先生们睡得酣足了，醒了，从床上爬起来，一手扣着衣扣，一手托着水烟袋，就光降到“来扇馆”里，泥土地上点缀着浓黄的痰，露筋的桌子上满缀着油腻和糕饼的细屑；苍蝇时飞时止，忽集忽散，像荒野里的乌鸦；狭条板凳有的断了腿，有的裂了缝；两扇木板窗外射进一些光亮来。某爷某爷坐满了一屋子，他们觉得舒适极了，一口沸烫的茶使他们神清气爽，几管浓辣的水烟使他们精神百倍。于是一切声音开始散布开来：有的讲昨天的赌局，打出了一张什么牌，就赢了两底；有的讲自己的食谱，西瓜鸡汤下面，茶腿丁煮粥；还讲怎么做鸡肉虾仁水饺；有的讲本镇新闻，哪家女儿同某某有私情，哪家老头儿娶了个十五岁的侍妾；有的讲些异闻奇事，说鬼怪之事不可不信，不可全信。有几位不开口的，他们在那里默听，微笑，吐痰，吸烟，支颐，遐想，指头轻敲桌子，默唱三眼一板的雅曲。迷朦的烟气弥漫一室，一切形一切声都像在云里雾里。午饭时候到了，他们慢慢地踱回家去。吃罢了饭依旧聚集在“来扇馆”里，直到晚上为止，一切和午前一样。岂止和午前一样，和昨天和前月和去年和去年的去年全都一样。他们的生活就是这样了！

城市里有一种茶社，比起“来扇馆”就像大辂之于椎轮了。有五色玻璃的窗，有仿西式的红砖砌的墙柱，有红木的桌子，有藤制的几和椅子，有白铜的水烟袋，有洁白而且洒上花露水的热的公用手巾，有江西产的茶壶茶杯。到这里来的先生们当然是非常大方，非常安闲，洪亮的语音表示上流人的声调，顾盼无禁的姿态表示绅士式的举止。他们的谈话和“来扇馆”里大不相同了。他们称他人不称“某老”就称“某翁”；报上的记载是他们谈话的资料，或表示多识，说明某事的因由，或好为推断，预测某事的转变；一个人偶然谈起了某一件事，这就是无穷的言语之藤的萌芽，由甲而及乙，由乙而及丙，一直蔓延到癸，癸和甲是决不可能牵连在一席谈里的，然而竟牵连在一起了；看破世情的话常常可以在这里听到，他们说什么都没有意思都是假，某人干某事是“有所为而为”，某事的内幕是怎样怎样的；而赞誉某妓女称扬某厨司也占了谈话的一部分。他们或是三三两两同来，或是一个人独来；电灯亮了，坐客倦了，依旧三三两两同去，或是一个人独去。这都不足为奇，可怪的是明天来的还是这许多人；发出洪亮的语音，做出顾盼无禁的姿态还同昨天一样；称“某老”“某翁”，议论报上的记载，引长谈话之藤，说什么都没有意思都是假，赞美食色之欲，也还是重演昨天的老把戏！岂止是昨天的，也就是前月，去年，去年的去年的老把戏。他们的生活就是这样了！

上海的马路上，来来往往的，谁能计算他们的数目。车马的喧闹，屋宇的高大，相形之下，显出人们的浑沌和微小。我们看蚂蚁纷纷往来，总不能相信他们是有思想的。马路上的行人和蚂蚁有什么分别呢？挺立的巡捕，挤满电车的乘客，忽然驰过的乘汽车者，急急忙忙横穿过马路的老人，徐步看玻璃窗内货品的游客，鲜衣自炫的妇女，谁不是一个蚂蚁？我们看蚂蚁个个一样，马路上的过客又哪里有各自的个性？我们倘若审视一会儿，且将不辨谁是巡捕，谁是乘客，谁是老人，谁是游客，谁是妇女，只见无数同样的没有思想的动物散布在一条大道上罢了。游戏场里的游客，谁不露一点笑容，露笑容的就是游客，正如黑而小的身体像蜂的就是蚂蚁。但是笑声里面，我们辨得出哀叹的气息；喜愉的脸庞，我们可以窥见寒噤的颦蹙。何以没有一天马路上会一个动物也没有？何以没有一天游戏场里会找不到一个笑容？他们的生活就是这样了。

我们丢开优裕阶级欺人阶级来看，有许许多多人从红绒绳编着小发辫的孩子时代直到皮色如酱须发如银的暮年，老是耕着一块地皮，眼见地利确是生生不息的，而自己只不过做了一柄锄头或者一张犁耙！雪样明耀的电灯光从高大的建筑里放射出来，机器的声响均匀而单调，许多撑着倦眼的人就在这里做那机器的帮手。那些是生产的利人的事业呀，但是……他们的生活就是这样了！

一切事情用时行的话说总希望它“经济”，用普通的话说起来就是“值得”。倘若有一个人用一把几十位的大算盘，将种种阶级的生活结一个总数出来，大家一定要大跳起来狂呼“不值得”。觉悟到“不值得”的时候就好了。

1921年10月27日

1981年11月17日修改

块都渗出水来，像劳工背上淌着汗。无论什么东西，手触上去总觉得黏黏的。穿在身上的衣服也散发出霉蒸气。我想，我的新书桌该在上漆了吧。

又过了十多天，老木匠带同他的徒弟把新书桌抬来了。栗壳色，油油的发着光亮，一些陈旧的家具有它一比更见得黯淡失色了。老木匠问明了我，就跟徒弟把书桌安放在我指定的地位，只恐徒弟不当心，让桌子跟什么东西碰撞，因而擦掉一点儿漆或是划上一道纹路，他连声发出“小心呀”“小心呀”的警告。直到安放停当了，他才松爽地透透气，站远一点儿，用一只手摸着长着灰色短须的下巴，悠然地鉴赏他的新作品。我交给他六块钱，他随便看了一眼就握在手心里，眼光重又回到他的新作品。最后说：“先生，你用用看，用了些时，你自然会相信我做的家伙是可以传子孙的。”他说到“我做的家伙”，夸耀的光芒又从他那黄浊的眼睛放射出来了。

以后十年间，这张书桌一直跟着我迁徙。搬运夫粗疏的动作使书桌添上不少纹路。但是身子依旧很结实，接榫处没有一点儿动摇。直到“一二八”战役，才给毁坏了。大概是日本军人刺刀的功绩。以为锁着的柜子里藏着什么不利于他们的东西，前面一刀，右侧一刀，把两块板都划破了。左边只有三只抽屉，都没有锁，原可以抽出来看看的，大概因为军情紧急吧，没有一只一只抽出来看的余裕，就把左侧的板也划破了，而且拆了下来，丢在一旁。

事后我去收拾残余的东西。看看这张相守十年的书桌，虽然像被残害的尸体一样，肚肠心肺都露出来了，可是还舍不得就此丢掉。于是请一个木匠来，托他修理。木匠说不用抬回去，下一天带了材料和家伙来修理就是了。

第二天下午，我放工回家，木匠已经来过，书桌已经修理好了。真是看了不由得生气的修理！三块木板刨也没刨平。边缘并不嵌入木框的槽里，只用几个一寸钉把木板钉在木框的外面。涂的是窑煤似的黑漆，深一搭，淡一搭，仿佛还没有刷完工的黑墙头。工料价已经领去，大洋一块半。

我开始厌恶这张书桌了。想起制造这张书桌的老木匠，他那种一丝不苟的态度，简直使缺少耐性的人受不住，然而他做成的家伙却是无可批评的。同样是木匠，现在这一个跟老木匠比起来，相差太远了。我托他修理，他就仅仅按照题目做文章，还我一个修理。木板破了，他给我钉上不破的。原来涂漆的，他也给我涂上些漆。这不是修理了吗？然而这张书桌不成一件家伙了。

同样的事在上海时时会碰到。从北京路那些木器店里买家具，往往在送到家里的时候就擦去了几处漆，划上了几条纹路。送货人有他的哲学。你买一张桌子，四把椅子，总之送给你一张桌子，四把椅子，决不短少一件。擦去一点儿漆，划上几条纹路，算得什么呢！这种家具使用不久，又往往榫头脱出了，抽屉关不上了，叫你看着不舒服。你如果去向店家说话，店家又有他的哲学给你作答。这些家具在出门的时候都是好好的，总之我们没有把破烂的东西卖给你。至于出门以后的事，谁管得了！这可以叫做“出门不认货”主义。

又譬如冬季到了，你请一个洋铁匠来给你装火炉。火炉不能没有通气管子，通气管子不能没有支持的东西，他就横一根竖一根地引出铅丝去，钉在他认为着力的地方。达，达，达，一个钉了钉在窗框上。达，达，达，一个钉子钉在天花板上。达，达，达，一个钉子钉在墙壁上。可巧碰着了砖头，钉不进去，就换个地方再钉。然而一片粉刷已经掉了下来，墙壁上有了伤疤了。也许钉了几回都不成功，他就凿去砖头，嵌进去一块木头。这一回当然钉牢了，然而墙壁上的伤疤更难看了。等到他完工，你抬起头来看，横七竖八的铅丝好似被摧残的蜘蛛网，曲曲弯弯伸出去的洋铁管好似一条呆笨的大蛇，墙壁上散布着伤疤好像谁在屋子里乱放过一阵手枪。即使火炉的温暖能给你十二分舒适，看着这些，那舒适不免要打折扣了。但是你不能怪洋铁匠，他所做的并没有违反他的哲学。你不是托他装火炉吗？他依你的话把火炉装好了，还有什么好说呢？

倘若说乡下那个老木匠有道德，所以对于工作不肯马虎，上海的工匠没有道德，所以只图拆烂污，出门不认货，不肯为使用器物的人着想，这未免是拘墟之见。我想那个老木匠，当他幼年当徒弟的时候，大概已经从师父那里受到熏陶，养成了那种一丝不苟的态度了吧。而师父的师父也是这么一丝不苟的，从他的徒孙可以看到他的一点儿影像。他们所以这样，为的是当地只有这么些人家做他们永远的主顾，这些人家都是相信每一件家伙预备传子孙的，自然不能够潦潦草草对付过去。乡下地方又很少受时间的催迫。女儿还没订婚，嫁妆里的木器却已经在置办了。定做了一件家具，今天拿来使用跟下一个月拿来使用，似乎没有什么分别，甚至延到明年拿来使用也不见得怎样不方便。这又使他们尽可以耐着性儿等待木料的干燥和天气的潮湿。更因主顾有限，手头的工作从来不会拥挤到忙不过来，他们这样从从容容，细磨细琢，一半自然是做“生活”，一半也就是消闲寄兴的玩意儿。在这样情形之下做成的东西，固然无非靠此换饭吃，但是同时是自己精心结撰的制作，不能不对它发生珍惜爱护的心情。总而言之，是乡下的一切生活方式形成了老木匠的那种态度。都市地方可不同了。都市地方的人口是流动的，同一手艺的作场到处都有，虽不能说没有老主顾，像乡下那样世世代代请教某一家作场的老主顾却是很少的。一个工匠制造了一件家具，这件家具将归什么人使用，他无从知道。一个主顾跑来，买了一两件东西回去，或是招呼到他家里去为他做些工作，这个主顾会不会再来第二回，在工匠也无从预料。既然这样，工作潦草一点儿又何妨？而且，都市地方多的是不嫌工作潦草的人。每一件东西预备传子孙的观念，都市中人早已没有了（他们懂得一个顶扼要的办法，就是把钱传给子孙，传了钱等于什么都传下去了）。代替这个观念的是想要什么立刻有什么。住亭子间的人家新搬家，看看缺少一张半桌，跑出去一趟，一张半桌载在黄包车上带回来了，觉得很满意。住前楼的文人晚上写稿子，感到冬天的寒气有点儿受不住，立刻请个洋铁匠来，给装上个火炉。生起火炉来写稿子，似乎文思旺盛得多。富翁见人家都添置了摩登家具，看看自己家里，还一件也没有，相形之下不免寒伧，一个电话打出去，一套摩登家具送来了。陈设停当之后，非常高兴，马上打电话招一些朋友来叙叙。年轻的小姐被邀请去当女傧相了，非有一身“剪刀口里”的新装不可，跑到服装公司里，一阵的挑选和叮嘱，质料要时髦，缝制要迅速，临到当女傧相的时刻，心里又骄傲又欢喜，仿佛满堂宾客的眼光一致放弃了新娘而集中在她一个人身上似的。当然，“想要什么”而不能“立刻有什么”的人居大多数，为的是钱不凑手。现在单说那些想要什么立刻有什么的，他们的满足似乎只在“立刻有什么”上，要来的东西是否坚固结实，能够用得比较长久，他们是不问的。总之，他们都是不嫌工作潦草的人。主顾的心理如此，工匠又何苦一定要一丝不苟？都市地方有一些大厂家，设着验工的部分，检查所有的出品，把不合格的剔出来，不让它跟标准出品混在一起，因而他们的出品为要求形质并重的人所喜爱。但是这种办法是厂主为要维持他那“牌子”的信用而想出来的，在工人却是一种麻烦，如果手制的货品被认为不合格，就有罚工钱甚至停工的灾难。现在工厂里的工人再也不会把手制的货品看做艺术品了。他们只知道货品是玩弄他们生命的怪物，必须服侍了它才有饭吃，可是无论如何吃不饱。——工人的这种态度和观念，也是都市地方的一切生活方式形成的。

近年来乡下地方正在急剧地转变，那个老木匠的徒弟大概要跟他的师父以及师父的师父分道扬镳了。

1937年8月1日

看　月

住在上海“弄堂房子”里的人对于月亮的圆缺隐现是不甚关心的。所谓“天井”，不到一丈见方的面。至少十六支光的电灯每间里总得挂一盏。环境限定，不容你有关心到月亮的便利。走到路上，还没“断黑”已经一连串地亮了街灯。有月亮吧，就像多了一盏灯。没有月亮吧，犹如一盏街灯损坏了，没有亮起来。谁留意这些呢？

去年夏天，我曾经说过不大听到蝉声，现在说起月亮，我又觉得许久不看见月亮了。只记得某夜夜半醒来，对窗的收音机已经沉寂，隔壁的“麻将”也歇了手，各家的电灯都已熄灭，一道象牙色的光从南窗透进来，把窗棂印在我的被袱上。我略微感到惊异，随即想到原来是月亮光。好奇地要看看月亮本身，我向窗外望。但是，一会儿月亮被云遮没了。

从北平来的人往往说在上海这地方怎么“呆”得住。一切都这样紧张，空气是这样龌龊，走出去很难得看见树木，诸如此类，他们可以举出一大堆。我想，月亮仿佛失掉了这一点，也该列入他们为上海“呆”不住的理由吧，假若如此，我倒并不同意。在生活的诸般条件里列入必须看月亮一项，那是没有理由的。清旷的襟怀和高远的想象力未必定须由对月而养成。把仰望的双眼移到地面，同样可以收到修养上的效益，而且更见切实。可是我并非反对看月亮，只是说即使不看也没有什么关系罢了。

最好的月色我也曾看过。那时在福州的乡下，当地闽江一折的那个角上。某夜，靠着楼栏直望。闽江正在上潮，受着月亮，成为水银的洪流。江岸诸山略微笼罩着雾气，好像不是平日看惯的那几座山了。月亮高高停在天空，非常舒泰的样子。从江岸直到我的楼下是一大片沙坪，月光照着，茫然一白，但带点儿青的意味。不知什么地方送来晚香玉的香气。也许是月亮的香气吧，我这么想。我心中不起一切杂念，大约历一刻钟之久，才回转身来。看见蛎粉墙上印着我的身影，我于是重又意识到了我。

那样的月色如果能得再看几回，自然是愉悦的事，虽然前面我说过“即使不看也没有什么关系”。

1933 年 9 月 1 日

1981 年 11 月 25 日修改

骑　马

我小时候，苏州地方还没有人力车，代步的是轿子和船。一些墙门人家的女眷，即便要去的地方就在本城，出门总要依靠这两种交通工具。男人呢，为了比较体面地庆吊应酬出门大都坐轿子，往城外乡间去上坟访友大都坐船，平时出门，好在至多不过三四条巷，那就走走罢了。

那时候已经通行了脚踏车，可是很少见。骑脚踏车的无非是教会里的外国人，以及到过上海得风气之先的时髦小伙子。偶然看见一个人骑着脚踏车在铺着小石块的路上经过，抖抖抖抖的似乎要把浑身的骨节都震得发酸，在几乎肩贴肩走着的两个人中间，只这么一闪就擦过去了：这使大家感到新奇，不免停了脚步回过头去望那好像只有一片的背影。

与脚踏车一样需要自己驾驭的，还有驴子和马。可是骑驴子和马，意义不纯在代步，把它当作玩意儿的居多。骑了驴子往玄妙观去吧，骑了马往虎丘去吧，并不为玄妙观和虎丘路远走不动，却在于借此题目尝一尝控纵驰骋的快乐。

一般人对于驴子和马，用两样的眼光来看待。驴子，那长耳朵的灰黑色的畜生，饲养它的只是借此为生的驴夫，一匹驴子又不值几个钱，所以大家不把它看作奢侈品。无论是谁，骑驴子，还不至于惹人非议。马，那昂然不群的畜生，可不同了，虽然多数的马也由马夫饲养，但是很有几个浮华的少爷名门的败家子也养着马，所以大家都把马看作要不得的奢侈品。谁如果骑着马在路上经过，有些相识的人就不免窃窃私议，某人堕落了，他竟骑起马来了。这种想法，在别的事例上也常常可见。从前我们地方一些规矩人都不爱穿广东的拷绸，因为拷绸是所谓“流氓”之类惯用的衣料。马既是浮华的少爷名门的败家子的玩意儿，规矩的有教养的人当然不应该骑：这好像是很周密的推理。

当时我们一班中学生可没有顾到这一层，一时高兴，竟兴起了骑马的风尚。原由是有一个同学在陆军小学呆过一年，他会骑马，把骑马的趣骑马的味说得天花乱坠，大家听得痒痒的，都想亲自试一试。刚好学校近旁有一片兵营里的校场，校场东边是一条宽阔的道路，两旁栽着柳树，正是试马的好所在。马夫养马的草棚又正在校场的西北角，花一角钱，就可以去牵一匹出来，骑它一个钟头。于是你也去试骑，我也去试骑，最盛的时候竟有二十多人同时玩这宗新鲜玩意儿。

现在马背上大都用西式皮鞍子了，从前却用木鞍子。十三四岁的人，站在平地，头顶就高出木鞍子不多，要用两手按着鞍子，左脚踏在踏镫里，让身子顺势一耸跨上马背，这是一连串并不容易的动作。马好像知道骑马的人本领的高低似的，生手跨上去，它就歪着头只是将身子旋转，这又是很难制服的。这当儿，马夫和朋友的帮助自属必要了，拉缰绳的拉缰绳，托身子的托身子，一阵子的乱嚷嚷，生手居然坐上了鞍子。于是把缰绳接在手里，另一只手按着鞍子，再也不敢放松。那畜生如果是比较驯良的，以为一切都已停当，肯规规矩矩走这么几步，初学的人就心花怒放了。

但是这样按着鞍子骑马叫做“请判官头”，是最不漂亮的姿势。多骑了几回，自然想把手放松，不再去“请”那“判官头”。同时拉缰绳的一只手也要学着去测验马的“口劲”，试探马的脾气，准备在放松一点儿或是扣紧一点儿的几微之间操纵胯下的畜生。

通常以为骑马就是让屁股服服贴贴坐在鞍子上。其实不然，得在大腿里侧用劲，把马背夹住，屁股部分却是脱空的。如果不用腿劲，在马“跑开”的时候不免要倒翻下来，两只脚虽然踏在踏镫里，也没有多大用处。这腿劲自然要从锻炼得来。我骑了好几回马，腿劲未见增强多少，可是站到地上，坐到椅子上，只觉得两条腿和腰部都是僵僵的了。

让马走慢步，称为“骑老爷马”，最没有趣味。那是一步一拍的步调，马头一颠一颠的，与婚丧的仪仗中执事人员所骑的马一样。我们都不爱“骑老爷马”，至少得叫它“小走”。

“小走”是较为急促的步调，说得过甚些，前后左右四个蹄几乎同时离地，也几乎同时着地。各匹马的脾气不同，有的须把缰绳放松，有的却须扣紧；有的须略一放松随即扣紧，有的却须向上一提，让他的头偏左或是偏右一点儿；只要摸着它的脾气，它就会了意，开始“小走”了。好的马四条腿虽然在急速的运动，身子可绝不转侧，总是很平稳地前进。骑到这样的马是一种愉快，挺着身躯，平稳地急速地向前，耳朵旁边响着飕飕的风，柳树的枝条拂着头顶和肩膀，于是仿佛觉得跑进了古人什么诗句的境界中了。

至于“跑开”，那又是另一种步调：前面两个蹄同时着地，随即后面两个蹄离地移前，同时着地，接着前面两个蹄又同时跨出去了。这里所谓着地实在并不“着”，只能说是非常轻快地在地上“点”一下。在前面两个蹄点地和后面两个蹄点地之间，时间是极其短促的。这当儿，马身一高一低，约略成一条曲线前进。骑马的人一高一低地飞一般地向前，当然爽快不过，有凌云腾空的气概。但是腿劲如果差点儿，这种爽快很难尝试，尝试的时候不免要吃亏。

有一回，我就这样从马上摔了下来。那一天，我跟在那个进过陆军小学的同学的后面，在我背后还有好几匹马。起初是“小走”，忽然前面的那个同学把缰绳一扣，他的马开始“跑开”了。我的马立即也换了步调。我没有提防，大概马跑了两三步，我就往左侧里倒翻下来。后面的几匹马怎么一脚也不曾踩着我，我至今还不明白。当时如果有一个马蹄踩着我的脑壳或是胸膛，我的生命早在中学二年级时候结束了。

我摔了下来就不省人事，醒来的时候，很觉得奇怪，我是通学生，怎么睡在寄宿舍里的一张床上！又好像时间很晚了，已经吃过晚饭。其实还是上午十一点过后，我只昏迷了一点钟多一点儿。想了一会，才把刚才的事想起来。坐起来试试，居然没有什么痛苦，只觉得浑身软软的，像病后起身的光景。我赶紧跑回家，像平时一样吃午饭，绝不提摔跤的事——在外面骑马，我从来不曾在父母面前提起过。直到前几年，儿子在外面试着骑马，回来谈他的新经验，我才把那回摔跤的事说出来。母亲听了，微皱着眉头说："你不回来说，我们在家里哪里知道。这种危险的事，还是不要去试的好。"她现在为孙儿担心了。

当时我们骑马，现在想起来，在教师该是桩讨厌的事儿。那时候学校比较放任，校长是一个自以为维新的人物，虽然不曾明白提倡骑马，对于其它运动却颇着力鼓励。七八匹马在学校墙外跑过，铃声蹄声闹成一片，他不会绝不知道。他为什么不禁止呢？大概以为这也是一项运动，不妨任学生去练习吧。但是多数教师却受累了。他们有一般人的偏见，以为骑马是不端的行为，眼睁睁地看学生骑着马在旁边跑过，总似乎有失体统。于是有故意低着头走过去，假作不知道马背上是什么人的，也有远远望见学生的马队在前面跑来，立刻回身，或者转向从别一条路走去的。他们一定在怨恨学生，为什么不肯体谅教师，离开学校远一点儿去练习你们的骑术呢！

1937年6月25日

将　离

跨下电车，便是一阵细且柔的密雨。旋转的风把雨吹着，尽向我身上卷上来。电灯光特别昏暗，火车站的黑影兀立在深灰色的空中。那边一行街树，枝条像头发似的飘散舞动，萧萧作响。我突然想起：难道特地要叫我难堪，故意先期做起秋容来么！便觉得全身陷在凄怆之中，刚才喝下去的一斤酒在胃里也不大安分起来了。

这是我的揣想：天日晴朗的离别胜于风凄雨惨的离别，朝晨午昼的离别胜于傍晚黄昏的离别。虽然一回离别不能二者并试以作比较，虽然这一回的离别还没有来到，我总相信我的揣想是大致不谬的。然而到福州去的轮船照例是十二点光景开的，黄昏的离别是注定的了。像这样入秋渐深，像这样时候吹一阵风洒一阵雨，又安知六天之后的那一夜，不更是风凄雨惨的离别呢？

一点东西也不要动：散乱的书册，零星的原稿纸，积着墨汁的水盂，歪斜地摆着的砚台……一切保持原来的位置。一点变更也不让有：早上六点起身，吃了早饭，写了一些字，准时到办事的地方去，到晚回家，随便谈话，与小孩胡闹……一切都是平淡的生活。全然没有离别的气氛，还有什么东西会迫紧来？好像没有快要到来的这回事了。

记得上年平伯去国，我们一同在一家旅馆里，明知不到一小时，离别的利刃就要把我们分割开来了。于是一启口一举手都觉得有无形的线把我牵着，又似乎把我浑身捆紧；胸口也闷闷的不大好受。我竭力想摆脱，故意做出没有什么的样子，靠在椅背上，举起杯子喝口茶，又东一句西一句地谈着。然而没有用，只觉得十分勉强，只觉得被牵被捆被压得越紧罢了。我于是想：离别的气氛既已凝集，再也别想冲决它，它是非把我们拆开来不可的。

现在我只是不让这气氛凝集，希望免受被牵被捆被压的种种纠缠。我又这么痴想，到离去的一刻，最好恰正在沉酣的睡眠里，既泯能想，自无所想。虽然觉醒之后，已经是大海孤轮中的独客，不免引起深深的惆怅；但是最难堪的一关已经闯过，情形便自不同了。

然而这气氛终于会凝集拢来。走进家里，看见才洗而缝好的被袱，衫袴长袍之类也一叠叠地堆在桌子上。这不用问，是我旅程中的同伴了。“偏要这么多事，事已定了，为什么不早点儿收拾好！”我略微烦躁地想。但是必须带走既属事实，随时预备尤见从容，我何忍说出责备的话呢——实在也不该责备，只该感激。

然而我触着这气氛了，而且嗅着它的味道了，与上年在旅馆里感到的正是同一的种类，不过还没有这样浓密而已。我知道它将要渐渐地浓密，犹如西湖上晚来的烟雾；直到最后，它具有一种强大的力量，便会把我一挤；我于是不自主地离开这里了。

我依然谈话，写字，吃东西，躺在藤椅上；但是都有点儿异样，有点儿不自然。

夜来有梦，梦在车站月台旁。霎时火车已到，我急忙把行李提上去，身子也就登上，火车便疾驰而去了。似乎还有些东西遗留在月台那边，正在检点，就想到遗留的并不是东西，是几个人。很奇怪，我竟不曾向他们说一声“别了”，竟不曾伸出手来给他们；不仅如此，登上火车的时候简直把他们忘了。于是深深地悔恨，怎么能不说一声，握一握手呢！假若说了，握了，究竟是个完满的离别，多少是好。“让我回头去补了吧！让我回头去补了吧！”但是火车不睬我，它喘着气只是向前奔。

这梦里的登程，全忘了月台上的几个人，与我痴心盼望的酣睡时离去，情形正相仿佛。现在梦里的经验告诉我，这只有勾引些悔恨，并不见得比较好些。那么，我又何必作这种痴想呢？然而清醒地说一声握一握的离别，究竟何尝是好受的！

“信要写得勤，要写得详；虽然一班轮船动辄要隔三五天，而厚厚的一叠信笺从封套里抽出来，总是独客的欣悦与安慰。”

“未必能够写得怎样勤怎样详吧。久已不干这勾当了；大的小的粗的细的种种事情箭一般地射到身上来，逐一对付已经够受了，知道还有多少坐定下来执笔的功夫与精神！”

离别的滋味假若是酸的，这里又搀入一些苦辛的味道了。

1923年9月17日

客　语

饶幸万分的竟然是晴朗的正午的离别。

“一切都安适了，上岸回去吧，快要到开行的时刻了。”似乎很勇敢地说了出来，其实呢，处此境地，就不得不说这样的话。但也是全不出于本心。梨与香蕉已经买来给我了，话是没有什么可说了，夫役的扰攘，小舱的郁蒸，又不是什么足以赏心的，默默地挤在一起，徒然把无形的凄心的网织得更密罢了，何如早点儿就别了呢？

不可自解的是却要送到船栏边，而且不止于此，还要走下扶梯送到岸上。自己不是快要起程的旅客么？竟然充起主人来。主人送了客，回头踱进自己的屋子，看见自己的人。可是现在——现在的回头呢？

并不是懦怯，自然而然看着别的地方，答应“快写信来”那些嘱咐。于是被送的转身举步了，也不觉得什么，只仿佛，心里突然一空似的（老实说，摹写不出了）。随后想起应该上船，便跨上扶梯；同时用十个指头梳满头散乱的头发。

倚着船栏，看岸上的人去得不远，而且正回身向这里招手。自己的右手不待命令，也就飞扬跋扈地舞动于头顶之上。忽地觉得这刹那间这个境界很美，颇堪体会。待再望岸上人，却已没有踪迹，大概拐了弯赶电车去了。

没有经验的想象往往是外行的，待到证实，不免自己好笑。起初以为一出吴淞口便是苍茫无际的海天，山头似的波浪打到船上来，散为裂帛与抛珠，所以只是靠着船栏等着。谁知出了口还是似尽又来的沙滩，还是一抹连绵的青山，水依然这么平，船依然这么稳。若说眼界，未必开阔了多少，却觉空虚了好些；若说趣味，也不过与乘内河小汽轮一样。于是失望地回到舱里，爬上上层自己的铺位，只好看书消遣。下层那位先生早已有时而猝发的鼾声了。

实在没有看多少页书，不知怎么也朦胧起来了。只有用这朦胧二字最确切，因为并不是睡着，汽机的声音和船身的微荡，我都能够觉知，但仅仅是觉知，再没有一点思想一毫情绪。这朦胧仿佛剧烈的醉，过了今夜，又是明朝，只是不醒，除了必要坐起来几回，如吃些饼干牛肉香蕉之类，也就任其自然——连续地朦胧着。

这不是摇篮里的生活么？婴儿时的经验固然无从回忆，但是这样只有觉知而没有思想没有情绪，该有点儿相像吧。自然，所谓离思也暂时给假了。

向来不曾亲近江山的，到此却觉得趣味丰富极了。书室的窗外，只隔一片草场，闲闲地流着闽江。彼岸的山绵延重叠，有时露出青翠的新妆，有时披上轻薄的雾帔，有时不知从什么地方来了好些云，却与山通起家来，于是更见得那些山郁郁然有奇观了。窗外这草场差不多是几十头羊与十条牛的领土，看守羊群的人似乎不主张放任主义的，他的部民才吃了一顿，立即用竹竿驱策着，叫它们回去。时时听得仿佛有几个人在那里割草的声音，便想到这十头牛特别自由，还是在场中游散。天天喝的就是它们的奶，又白又浓又香，真是无上的恩惠。

卧室的窗对着山麓，望去有裸露的黑石，有矮矮的松林，有泉水冲过的涧道。间或有一两个人在山顶上樵采，形体藐小极了，看他们在那里运动着，便约略听得微茫的干草瑟瑟的声响。这仿佛是古代的幽人的境界，在什么诗篇什么画幅里边遇见过的。暂时充当古代的幽人，当然有些新鲜的滋味。

月亮还在山的那边，仰望山谷，苍苍的，暗暗的，更见得深郁。一阵风起，总是锐利的一声呼啸一般，接着便是一派松涛。忽然忆起童年的情景来：那一回与同学们远足天平山，就在高义园借宿，稻草衬着褥子，横横竖竖地躺在地上。半夜里醒来了，一点儿光都没有，只听得洪流奔放似的声音，这声音差不多把一切包裹起来了；身体颇觉寒冷，因而把被头裹得更紧些。从此再也不想睡，直到天明，只是细辨那喧而弥静静而弥旨的滋味。三十年来，所谓山居就只有这么一回。而现在又听到这声音了，虽然没有那夜那么洪大，但是往后的风信正多，且将常常更甚地听到呢。只不知童年的那种欣赏的心情能够永永持续否……

这里有秋虫，有很多的秋虫，没有秋虫的地方究竟是该诅咒的例外。躺在床上听听，真是奇妙的合奏，有时很繁碎，有时很凝集，而总觉得恰合刚好，足以娱耳。中间有一种不知名的虫，它们的声音响亮而曼长，像是弦乐，而且引起人家一种想象，仿佛见到一位乐人在那里徐按慢抽地演奏。

松声与虫声渐渐地轻微又轻微，终于消失了……

仓前山差不多一座花园，一条路，一丛花，一所房屋，一个车夫，都有诗意。尤其可爱的是晚阳淡淡的时候，礼拜堂里送出一声钟响，绿荫下走过几个张着花纸伞的女郎。

跟着绍虞夫妇前山后山地走，认识了两相仿佛的荔枝树与龙眼树，也认识了长髯飘飘的生着气根的榕树，眺望了我们所住的那座山，又看了胭脂似的西边的暮云，于是坐在路旁的砖砌的矮栏上休息。渐渐地四围昏暗了，远处的山只像几笔极淡的墨痕染渍在灰色的纸上。乡间的女人匆匆地归去，走过我们身边，很自然地向我们看一看。那种浑朴的意态，那种奇异的装束（最足注目的是三支很长的银发钗，像三把小剑，两横一竖地把发髻拢住，我想，两个人并肩走时，横插的剑锋会划着旁人的头皮），都使我想到古代的人。同时又想，什么现代精神，什么种种的纠纷，都渺茫得像此刻的远山一样，仿佛沉在梦幻里了。

中秋夜没有月，这倒很好，我本来不希望看什么中秋月。与平常没有月亮的晚上一样，关在书室里，就美孚灯光下做了一点功课，就去睡了。

第二天的傍晚，满天是云，江面黯然。西风震动窗棂，“吱嘎”作响。突然觉得寂寥起来，似乎无论怎样都不好。但是又不能什么都不，总要在这样那样里占其一，这时候我占的是倚窗怅望。然而怅望又有什么意思呢？

绍虞似乎有点儿揣度得出，他走来邀我到江边去散步。水波被滩石所挡，激触有声。还有广遍而轻轻的风一般的音响平铺在江面上，潮水又退出去了。便随口念旧时的诗句：“潮声应未改，客绪已频更。”七年以前，我送墨林去南通。出得城来，在江滨的客店里歇宿候船，却成了独客，荒凉的江滨晚景已够叫人怅怅，又况是离别开始的一晚，真觉得百无一可了。聊学雅人口占一诗，藉以排遣。现在这两句就是这一首诗里的。唉，又是潮声，又是客绪！

所谓客绪，正像冬天的浓云一般，风吹不散，只是越凝集越厚，散步的药又有什么用处。回到屋里，天差不多黑了，我们暂时不点火，就在昏暗中坐下。我说：“介泉在北京常说，在暮色苍茫之际，炉火微明，默然小坐，别有滋味。”绍虞接应了一声就不响了。很奇怪，何以我和他的声音都特别寂寞，仿佛在一个广大的永寂的虚空中，仅仅荡漾着这一些声音，音波散了，便又恢复它的永寂。

想来介泉所说的滋味，一定带着酸的。他说“别有”，诚然是“别有”，我能够体会他的意思了。

点灯以后，居然送来了切盼而难得的邮件，昨天有一艘轮船到这里了。看了第一封，又把心挤得紧一点。第一封是平伯的，他提起我前几天作的一篇杂记，说：“……此等事终于无可奈何，不呻吟固不可，作呻吟又觉陷于怯弱，总之，无一而可，这是实话。……”

似乎觉得这确是怯弱，不要呻吟吧。

但是还要去想，呻吟为了什么？恋恋于故乡么？故乡之足以恋恋的，差不多只有藕与莼菜这些东西了，又何至于呻吟？恋恋于鹁鸽箱似的都市里的寓居么？既非鹁鸽，又何至于因为飞了而呻吟？老实地说，简括地说，只因一种愿与最爱的人同居的心情，忽然不得满足罢了。除了与最爱的人同居，人间的趣味在哪里？因为不得满足而呻吟，正是至诚的话，有什么怯弱不怯弱？那么，又何必不要呻吟呢？

呻吟的心本来如已着了火的燃料，浓烟郁结，正待发焰。平伯的信恰如一根火柴，就近一引，于是炽盛地燃烧起来了……

1923年10月1日

1981年11月17日修改

牵牛花

手种牵牛花，接连有三四年了。水门汀的地没法下种，种在十来个瓦盆里。泥是今年又明年反复用着的，无从取得新的泥来加入，曾与铁路轨道旁种地的那个北方人商量，愿出钱向他买一点儿，他不肯。

从城隍庙的花店里买了一包过磷酸骨粉，掺和在每一盆泥里，这算代替了新泥。

瓦盆排列在墙脚，从墙头垂下十条麻线，每两条距离七八寸，让牵牛的藤蔓缠绕上去。这是今年的新计划，往年是把瓦盆摆在三尺光景高的木架子上的。这样，藤蔓很容易爬到了墙头；随后长出来的互相纠缠着，因自身的重量倒垂下来，但末梢的嫩条便又蛇头一般仰起，向上伸，与别组的嫩条纠缠，待不胜重量时重演那老把戏；因此墙头往往堆积着繁密的叶和花，与墙腰的部分不相称。今年从墙脚爬起，沿墙多了三尺光景的路程，或者会好一点儿；而且，这就将有一垛完全是叶和花的墙。

藤蔓从两瓣子叶中间引伸出来以后，不到一个月功夫，爬得最快的几株将要齐墙头了，每一个叶柄处生一个花蕾，像谷粒那么大，便转黄萎去。据几年来的经验，知道起头的一批花蕾是开不出来的；到后来发育更见旺盛，新的叶蔓比近根部的肥大，那时的花蕾才开得成。

今年的叶格外绿，绿得鲜明；又格外厚，仿佛丝绒剪成的。这自然是过磷酸骨粉的功效。他日花开，可以推知将比往年的盛大。

但兴趣并不专在看花，种了这小东西，庭中就成为系人心情的所在，早上才起，工毕回来，不觉总要在那里小立一会儿。那藤蔓缠着麻线卷上去，嫩绿的头看似静止的，并不动弹；实际却无时不回旋向上，先朝这边，停一歇再看，它便朝那边了。前一晚只是绿豆般大一粒嫩头，早起看时，便已透出二三寸长的新条，缀一两张长满细白绒毛的小叶子，叶柄处是仅能辨认形状的小花蕾，而末梢又有了绿豆般大的一粒嫩头。有时认着墙上斑驳痕想，明天未必便爬到那里吧；但出乎意外，明晨竟爬到了斑驳痕之上；好努力的一夜功夫！“生之力”不可得见；在这样小立静观的当儿，却默契了“生之力”了。渐渐地，浑忘意想，复何言说，只呆对着这一墙绿叶。

即使没有花，兴趣未尝短少；何况他日花开，将比往年盛大呢。

1931年9月20日

1981年11月18日修改

做了父亲

假若至今还没有儿女，是不是要与有些人一样，感到是人生的缺憾，心头总有这么一个失望牵萦着呢？

我与妻都说不至于吧。一些人没有儿女感到缺憾，因为他们认为儿女是他们份所应得的，应得而不得，当然要失望。也许有人说没有儿女就是没有给社会尽力，对于种族的绵延没有尽责任，那是颇为冠冕堂皇的话，是随后找来给自己解释的理由，查问到根柢，还是个得不到应得的不满足之感而已。我们以为人生的权利固有多端，而儿女似乎不在多端之内，所以说不至于。

但是儿女早已出生了，这个设想无从证实。在有了儿女的今日，设想没有儿女，自然觉得可以不感缺憾；倘若今日真个还没有儿女，也许会感到非常寂寞，非常惆怅吧。这是说不定的。

教育是专家的事业，这句话近来几乎成了口号，但是这意义仿佛向来被承认的。然而一为父母就得兼充专家也是事实。

非专家的专家担起教育的责任来，大概走两条路：一是尽许多不必要的心，结果是“非徒无益，而又害之”；一是给了个“无所有”，本应在儿女的生活中给充实些什么，可是并没有把该给充实的付与儿女。

自家反省，非意识地走的是后一条路。虽然也像一般父亲一样，被一家人用作镇压孩子的偶像，在没法对付时，就“爹爹，你看某某!”这样喊出来；有时被引动了感情，骂一顿甚至打一顿的事也有；但是收场往往像两个孩子争闹似的，说着“你不那样，我也就不这样”的话，其意若曰彼此再别说这些，重复和好了吧。这中间积极的教训之类是没有的。

不自命为“名父”的，大多走与我同样的路。

自家就没有什么把握，一切都在学习试验之中，怎么能给后一代人预先把立身处世的道理规定好了教给他们呢?

学校，我想也不是与儿女有什么了不起的关系的。学习一些符号，懂得一些常识，结交若干朋友，度过若干岁月，如是而已。

以前曾经担过忧虑，因为自家是小学教员出身，知道小学的情形比较清楚，以为像个模样的小学太少了，儿女达到入学年龄的时候将无处可送。现在儿女三个都进了学校，学校也不见特别好，但是我毫不存勉强迁就的意思。

一定要有理想的小学才把儿女送去，这无异看儿女作特别珍贵特别柔弱的花草，所以要保藏在装着暖气管的玻璃花房里。特别珍贵么，除了有些国家的华胄贵族，谁也不肯对儿女作这样的夸大口吻。特别柔弱么，那又是心所不甘，要抵当得风雨，经历得霜雪，这才可喜。——我现在作这样想，自笑以前的忧虑殊属无谓。

何况世间为生活所限制，连小学都不得进的多得很，他们一样要挺直身躯立定脚跟做人。学校好坏于人究竟有何等程度的关系呢？——这样想时，以前的忧虑尤见得我的浅陋了。

我这方面既然给了个“无所有”，学校方面又没有什么了不起的关系，这就拦到了角落里，儿女的生长只有在环境的限制之内，凭他们自己的心思能力去应付一切。这里所谓环境，包括他们所有遭值的事和人物，一饮一啄，一猫一狗，父母教师，街市田野，都在里头。

做父亲的真欲帮助儿女仅有一途，就是诱导他们，让他们锻炼这种心思能力。若去请教专门的教育者，当然，他们将说出许多微妙的理论，但是要义大致也不外乎此。

可是，怎样诱导呢？我就茫然了。虽然知道应该往哪一方向走，但是没有往前走的实力，只得站在这里，搓着空空的一双手，与不曾知道方向的并无两样。我很明白，对儿女最抱歉的就是这一点，将来送不送他们进大学倒没有多大关系。因为适宜的诱导是在他们生命的机械里加添燃料，而送进大学仅是给他们文凭、地位，以便剥削他人而已。（有人说起振兴大学教育可以救国，不知如何，我总不甚相信，却往往想到这样不体面的结论上去。)

他们应付环境不得其当甚至应付不了的时候，一定会怅然自失，心里想，如果父亲早给点儿帮助，或者不至于这样无所措吧。这种归咎，我不想躲避，也没法躲避。

对于儿女也有我的希望。

一句话而已，希望他们胜似我。

所谓人间所谓社会虽然很广漠，总直觉地希望它有进步。而人是构成人间社会的。如果后代无异前代，那就是站在老地方没有前进，徒然送去了一代的时光，已属不妙。或者更甚一点，竟然“一代不如一代”，试问人间社会经得起几回这样的七折八扣呢！凭这么想，我希望儿女必须胜似我。

爬上西湖葛岭那样的山就会气喘，提十斤左右重的东西走一两里路胳膊就会酸好几天，我这种身体是完全不行的。我希望他们有强壮的身体。

人家问一句话一时会答不上来，事务当前会十分茫然，不知怎样处置或判断，我这种心灵是完全不行的。我希望他们有明澈的心灵。

说到职业，现在干的是笔墨的事，要说那干系之大，当然可以戴上文化或教育的高帽子，于是仿佛觉得并非无聊，但是我能够像工人农人一样，拿出一件供人家切实应用的东西来么？没有！自家却使用了人家生产的切实应用的东西，岂非也成了可羞的剥削阶级？文化或教育的高帽子只能掩饰丑脸，聊自解嘲而已，别无意义。这样想时，更菲薄自己，达于极点。我希望他们与我不一样：至少要能够站在人前宣告道，“凭我们的劳力，产生了切实应用的东西，这里就是！”其时手里拿的是布匹米麦之类；即使他们中间有一个成为玄学家，也希望他同时铸成一些齿轮或螺丝钉。

1930 年 11 月

过去随谈

一

在中学校毕业是辛亥那一年。并不曾作升学的想头；理由很简单，因为家里没有供我升学的钱。那时的中学毕业生当然也有“出路问题”；不过像现在的社会评论家杂志编辑者那时还不多，所以没有现在这样闹闹嚷嚷的。偶然的机缘，我就当了初等小学的教员，与二年级的小学生作伴。钻营请托的况味没有尝过；照通常说，这是幸运。在以后的朋友中间有这么一位，因在学校毕了业将与所谓社会面对面，路途太多，何去何从，引起了甚深的怅惘；有一回偶游园林，看见澄清如镜的池塘，忽然心酸起来，强烈地萌生着就此跳下去完事的欲望。这样伤感的青年心情我可没有，小学教员是值得当的，我何妨当当，从实际说，这又是幸运。

小学教员一连当了十年，换过两次学校，在后面的两所学校里，都当高等班的级任；但也兼过半年幼稚班的课——幼稚班者，还够不上初等一年级，而又不像幼稚园儿童那样地被训练的，是学校里一个马马虎虎的班次。职业的兴趣是越到后来越好；因为后来几年中听到一些外来的教育理论和方法，自家也零零星星悟到一点儿，就拿来施行，而同事又是几位熟朋友的缘故。当时对于一般不知振作的同业颇有点儿看不起，以为他们德性上有污点；倘若人家能去掉污点，教育界一定会大放光彩的。

民国十年暑假后开始教中学生。那被邀请的理由有点儿滑稽。我曾经写些短篇小说刊载在杂志上。人家以为能写小说就是善于作文，善于作文当然也能教国文，于是我仿佛是颇为适宜的国文教师了。这情形到现在仍然不变，写过一些小说之类的往往被聘为国文教师，两者之间的距离似乎还不曾有人切实注意过。至于我舍小学而就中学的缘故，那是不言而喻的。

直到今年，曾经在五所中学三所大学当教员，教的都是国文；这一半是兼职，正当是书局编辑，连续七年有余了。大学教员我是不敢当的；我知道自己怎样没有学问，我知道大学教员应该怎样教他的科目，两相比并，我的不敢是真情。人家却说了："现在的大学，名而已！你何必拘谨？"我想这固然不错；但是从"尽其在我"的意义着想，不能因大学不像大学，我就不妨去当不像大学教员的大学教员。所惜守志不严，牵于友情，竟尔破戒。今年在某大学教"历代文选"，劳动节的下一天，接到用红铅笔署名“l”的警告信，大意说我教的那些古旧文篇，徒然助长反动势力，于学者全无益处，请即自动辞职，免讨没趣云云。我看了颇愤愤：若说我没有学问，我承认；说我助长反动势力，我恨反动势力恐怕比这位“l”先生更真切些呢；倘若认为教古旧文篇就是助长反动势力的实证，不必问对于文篇的态度如何，那么他该叫学校当局变更课程，不该怪到我。后来知道这是学校波澜的一个弧痕，同系的教员都接到“l”先生的警告信，措辞比给我的信更严重，我才像看到丑角的丑脸那样笑了。从此辞去不教；愿以后谨守所志，“直到永远”。

自知就所有的一些常识以及好嬉肯动的少年心情，当个小学或初中的教员大概还适宜。这自然是不往根柢里想去的说法；如往根柢里想去，教育对于社会的真实意义（不是世俗认为的那些意义）是什么，与教育相关的基本科学内容是怎样，从事教育技术上的训练该有哪些项目，关于这些，我就与大多数教员一样，知道得太少了。

二

作小说的兴趣可以说因中学时代读华盛顿·欧文的《见闻录》引起的。那种诗味的描写，谐趣的风格，似乎不曾在读过的一些中国文学里接触过；因此我想，作文要如此才佳妙呢。

开头作小说记得是民国三年；投寄给小说周刊《礼拜六》，登出来了，就继续作了好多篇。到后来，“礼拜六派”是文学界中一个卑污的名称，无异“海派”“黑幕派”等等。我当时的小说多写平凡的人生故事，同后来相仿佛，浅薄诚然有之，如何恶劣却不见得，虽然用的工具是文言，还不免贪懒用一些成语典故。作了一年多就停笔了，直到民国九年才又动手。是颉刚君提示的，他说在北京的朋友将办一种杂志，写一篇小说付去吧。从此每年写成几篇，一直不曾间断，只有今年是例外，眼前是十月将尽了，还不曾写过一篇呢。

预先布局，成后修饰，这一类abc里所诏示的项目，总算尽可能的力实做的。可是不行；写小说的基本要项在乎有一双透彻观世的眼睛，而我的眼睛够不上；所以人家问我哪一篇最惬心时，我简直不能回答。为要写小说而训练自己的眼睛固可不必；但眼睛的训练实在是生活的补剂，因此我愿意对这方面致力。如果致力而有进益，由进益而能写出些比较可观的文篇，自是我的欢喜。

为什么近来渐渐少写，到今年连一篇也没有写呢？有一个浅近的比喻，想来倒很确切的。一个人新买一台照相机，不离手的对光，扳机，卷干片，一会儿一打干片完了，就装进一打，重又对光，扳机，卷干片。那时候什么对象都是很好的摄影题材；小妹妹靠在窗沿憨笑，这有天真之趣，照它一张；老母亲捧着水烟袋抽吸，这有古朴之致，照它一张；出外游览，遇到高树、流水、农夫、牧童，颇浓的感兴立刻涌起，当然不肯放过，也就逐一照它一张，洗出来时果能成一张像样的照相与否似乎不关紧要，最热心的是“搭”的一扳；面前是一个对象，对着它“搭”的扳了，这就很满足了。但是，到后来却有相度了一番终于收起镜箱来的时候。爱惜干片么？也可以说是，然而不是。只因希求于照相的条件比以前多了，意味要深长，构图要适宜，明暗要美妙，还有其他等等，相度下来如果不能应合这些条件，宁可收起镜箱了事；这时候，徒然一扳被视为无意义了。我从前多写只是热心于一扳，现在却到了动辄收起镜箱的境界，是自然的历程。

三

《中学生》主干曾嘱我说些自己修习的经历，如如何读书之类。我很惭愧，自计到今为止，没有像模像样读过书，只因机缘与嗜好，随时取一些书来看罢了。读书既没有系统，自家又并无分析和综合的识力，不能从书的方面多得到什么是显然的。外国文字呢，日文曾经读过葛祖兰氏的《自修读本》两册，但是像劣等学生一样，现在都还给老师了。至于英文，中学时代读得不算浅，读本是文学名著，文法读到纳司菲尔的第四册呢；然而结果是半通不通，到今看电影字幕还不能完全明白。（我觉得读英文而结果如此的实在太多了。多少的精神和时间，终于不能完全看明白电影字幕！正在教英文读英文的可以反省一下了。）不去彻底修习，达到全通真通，当然是自家的不是；可是学校对于学生修习？各项科目都应定一个毕业的最低限度，一味胡教而不问学生果否达到了最低限度，这不能不怪到学校了。外国文字这一工具既然不能使用，要接触些外国的东西只好看看译品，这就与专待喂养的婴孩同样可怜，人家不翻译，你就没法想。说到译品，等类颇多。有些是译者实力不充而硬欲翻译的，弄来满盘都错，使人怀疑外国人的思想话语为什么会这样奇怪不依规矩。有些据说为欲忠实，不肯稍事变更原文语法上的结构，就成为中国文字写的外国文。这类译品若请专读线装书的先生们去看，一定回答"字是个个识得的，但是不懂得这些字凑合在一起说些什么"。我总算能够硬看下去，而且大致有点儿懂，这不能不归功于读过两种读如未读的外国文。最近看到东华君译的《文学之社会学的批评》，清楚流畅，义无隐晦，以为译品像这个样子，庶几便于读者。声明一句，我不是说这本书就是翻译的模范作；我没有这样狂妄，会自认有评判译品高下的能力。

说起读书，十年来颇看到一些人，开口闭口总是读书，"我只想好好儿念一些书"，"某地方一个图书馆都没有，我简直过不下去"，"什么事都不管，只要有书读，我就满足了"，这一类话时时送到我的耳边；我起初肃然起敬，既而却未免生厌。那种为读书而读书的虚矫，那种认别的什么都不屑一做的傲慢，简直自封为人间的特殊阶级，同时给与旁人一种压迫，仿佛唯有他们是人间的智慧的笃爱者。读书只是至为平常的事而已，犹如吃饭睡觉，何必作为一种口号，惟恐不遑地到处宣传。况且所以要读书，从哲学以至于动植矿，就广义说，无非要改进人间的生活。光是“读”决非终极的目的。而那些“读书”“读书”的先生们似乎以为光是“读”最了不起，生活云云不在范围以内；这也引起我的反感。我颇想标榜“读书非究竟义谛主义”——当然只是想想罢了，宣言之类并未写过。或者有懂得心理分析的人能够说明我之所以有这种反感，由于自家的头脑太俭了，对于书太疏阔了，因此引起了嫉妒，而怎样怎样的理由是非意识地文饰那嫉妒的丑脸的。如果被判定如此，我也不想辩解，总之我确然曾有这样的反感。至于那些将读书作口号的先生们是否真个读书，我不得而知；可是有一层，从其中若干人的现况上看，我的直觉的批评成为客观的真实了。他们果然相信自己是人间智慧的宝库，无所不知，无所不能，得便时抛开了为读书而读书的招牌，就不妨包办一切；他们俨然承认自己是人间的特殊阶级，虽在极微细的一谈笑之顷。总要表示外国人提出来的“高等华人”的态度。读书的口号，包办一切，“高等华人”，这其间仿佛有互相纠缠的关系似的。

四

我与妻结婚是由人家作媒的，结婚以前没有会过面，也不曾通过信。结婚以后两情颇投合，那时大家当教员，分散在两地，一来一往的信在半途中碰头，写信等信成为盘踞心窝的两件大事。到现在十四年了，依然很爱好。对方怎样的好是彼此都说不出的，只觉很合适，更合适的情形不能想象，如是而已。

这样打彩票式的结婚当然很危险的，我与妻能够爱好也只是偶然；迷信一点儿说，全凭西湖白云庵那位月下老人。但是我得到一种便宜，不曾为求偶而眠思梦想，神魂颠倒；不曾沉溺于恋爱里头，备尝甜酸苦辣各种滋味。图得这种便宜而去冒打彩票式的结婚的险，值得不值得固难断言；至少，青年期的许多心力和时间是挪移了过来，可以去对付别的事了。

现在一般人不愿冒打彩票式的结婚的险是显然的，先恋爱后结婚成为普遍的信念。我不菲薄这种信念，它的流行也有所谓“必然”。我只想说那些恋爱至上主义者，他们得意时谈心，写信，作诗，看电影，游名胜；失意时伤心，流泪，作诗（充满了惊叹号），说人间最不幸的只有他们，甚至想投黄浦江；像这样把整个生命交给恋爱，未免可议。这种恋爱只配资本家的公子“名门”的小姐去玩的。他们享用的是他们的父亲祖先剥削得来的钱，他们在社会上的地位在未入母腹时早就安排停当，他们看世界非常太平，没有一点儿问题；闲暇到这样地步却也有点儿难受，他们于是就恋爱这个题目，弄出一些悲欢哀乐来，总算在他们空白的生活录上写下了几行。如果不是闲暇到这样的青年男女也想学步，那唯有障碍自己的进路，减损自己的力量而已。

人类不灭，恋爱也永存。但是恋爱各式各样。像公子小姐们玩的恋爱，让它“没落”吧！

1930年10月29日

藕与莼菜

同朋友喝酒，嚼着薄片的雪藕，忽然怀念起故乡来了。若在故乡，每当新秋的早晨，门前经过许多乡人：男的紫赤的胳膊和小腿肌肉突起，躯干高大且挺直，使人起健康的感觉；女的往往裹着白地青花的头巾，虽然赤脚，却穿短短的夏布裙，躯干固然不及男的那样高，但是别有一种健康的美的风致；他们各挑着一副担子，盛着鲜嫩的玉色的长节的藕。在产藕的池塘里，在城外曲曲弯弯的小河边，他们把这些藕一再洗濯，所以这样洁白。仿佛他们以为这是供人品味的珍品，这是清晨的画境里的重要题材，倘若涂满污泥，就把人家欣赏的浑凝之感打破了；这是一件罪过的事，他们不愿意担在身上，故而先把它们洗濯得这样洁白，才挑进城里来。他们要稍稍休息的时候，就把竹扁担横在地上，自己坐在上面，随便拣择担里过嫩的“藕枪”或是较老的“藕朴”，大口地嚼着解渴。过路的人就站住了，红衣衫的小姑娘拣一节，白头发的老公公买两支。清淡的甘美的滋味于是普遍于家家户户了。这样情形差不多是平常的日课，直到叶落秋深的时候。

在这里上海，藕这东西几乎是珍品了。大概也是从我们故乡运来的。但是数量不多，自有那些伺候豪华公子硕腹巨贾的帮闲茶房们把大部分抢去了；其余的就要供在较大的水果铺里，位置在金山苹果吕宋香芒之间，专待善价而沽。至于挑着担子在街上叫卖的，也并不是没有，但不是瘦得像乞丐的臂和腿，就是涩得像未熟的柿子，实在无从欣羡。因此，除了仅有的一回，我们今年竟不曾吃过藕。

这仅有的一回不是买来吃的，是邻舍送给我们吃的。他们也不是自己买的，是从故乡来的亲戚带来的。这藕离开它的家乡大约有好些时候了，所以不复呈玉样的颜色，却满被着许多锈斑。削去皮的时候，刀锋过处，很不爽利。切成片送进嘴里嚼着，有些儿甘味，但是没有那种鲜嫩的感觉，而且似乎含了满口的渣，第二片就不想吃了。只有孩子很高兴，他把这许多片嚼完，居然有半点钟工夫不再作别的要求。

想起了藕就联想到莼菜。在故乡的春天，几乎天天吃莼菜。莼菜本身没有味道，味道全在于好的汤。但是嫩绿的颜色与丰富的诗意，无味之味真足令人心醉。在每条街旁的小河里，石埠头总歇着一两条没篷的船，满舱盛着莼菜，是从太湖里捞来的。取得这样方便，当然能日餐一碗了。

而在这里上海又不然；非上馆子就难以吃到这东西。我们当然不上馆子，偶然有一两口去叨扰朋友的酒席，恰又不是莼菜上市的时候，所以今年竟不曾吃过。直到最近，伯祥的杭州亲戚来了，送他瓶装的西湖莼菜，他送给我一瓶，我才算也尝了新。

向来不恋故乡的我，想到这里，觉得故乡可爱极了。我自己也不明白，为什么会起这么深浓的情绪？再一思索，实在很浅显：因为在故乡有所恋，而所恋又只在故乡有，就萦系着不能割舍了。譬如亲密的家人在那里，知心的朋友在那里，怎得不恋恋？怎得不怀念？但是仅仅为了爱故乡么？不是的，不过在故乡的几个人把我们牵系着罢了。若无所牵系，更何所恋念？像我现在，偶然被藕与莼菜所牵系，所以就怀念起故乡来了。

所恋在哪里，哪里就是我们的故乡了。

1923年9月7日

1981年11月8日修改

爬山虎的脚

学校操场北边墙上满是爬山虎。我家也有爬山虎，从小院的西墙爬上去，在房顶上占了一大片地方。

爬山虎刚长出来的叶子是嫩红的，不几天叶子长大，就变成嫩绿的。爬山虎的嫩叶，不大引人注意，引人注意的是长大了的叶子。那些叶子绿得那么新鲜，看着非常舒服。叶尖一顺儿朝下，在墙上铺得那么均匀，没有重叠起来的，也不留一点儿空隙。一阵风拂过，一墙的叶子就漾起波纹，好看得很。

以前，我只知道这种植物叫爬山虎，可不知道它怎么能爬。今年，我注意了，原来爬山虎是有脚的。爬山虎的脚长在茎上。茎上长叶柄的地方，反面伸出枝状的六七根细丝，每根细丝像蜗牛的触角。细丝跟新叶子一样，也是嫩红的。这就是爬山虎的脚。

爬山虎的脚触着墙的时候，六七根细丝的头上就变成小圆片，扒住墙。细丝原先是直的，现在弯曲了，把爬山虎的嫩茎拉一把，使它紧贴在墙上。爬山虎就是这样一脚一脚地往上爬。如果你仔细看那些细小的脚，你会想起图画上蛟龙的爪子。

爬山虎的脚要是没触着墙，不几天就萎了，后来连痕迹也没有了。触着墙的，细丝和小圆片逐渐变成灰色。不要瞧不起那些灰色的脚，那些脚巴在墙上相当牢固，要是你的手指不费一点儿劲，休想拉下爬山虎的一根茎。

天井里的种植

搬到上海来十多年，一直住的弄堂房子。弄堂房子，内地人也许不明白是什么式样。那是各所一律的：前墙通连，隔墙公用；若干所房子成为一排；前后两排间的通路就叫做“弄堂”；若干条弄堂合起来总称什么里什么坊，表示那是某一个房主的房产。每一所房子开门进去是个小天井。天井，也许又有人不明白是什么。天井就是庭院；弄堂房子的庭院可真浅，只须三四步就跨过了，横里等于一所房子的阔，也不过五六步光景，如果从空中望下来，一定会觉得那个“井”字怪适当的。天井跨进去就是正间。正间背后横生着扶梯，通到楼上的正间以及后面的亭子间。因为房子并不宽，横生的扶梯够不到楼上的正间，碰到墙，拐弯向前去，又是四五级，那才是楼板。到亭子间可不用跨这四五级，所以亭子间比楼正间低。亭子间的下层是灶间；上层是晒台，从楼正间另一旁的扶梯走上去。近年来常常在文人笔下出现的亭子间就是这么局促闷损的居室。然而弄堂房子的结构确乎值得佩服；俗语说，“麻雀虽小，五脏俱全”，弄堂房子就合着这样经济的条件。

住弄堂房子，非但栽不成深林丛树，就是几棵花草也没法种，因为天井里完全铺着水门汀。你要看花草只有种在花盆里。盆里的泥往往是反复地种过了几种东西的，一些养料早被用完，又没处去取肥美的泥土来加入；所以长出叶子来开出花朵来大都瘦小可怜。有些人家嫌自己动手麻烦，又正有余多的钱足以对付小小的奢侈的开支，就与花园约定，每个月送两回或者三回盆景来；这样，家里就长年有及时的花草，过了时的自有花匠带回去，真是毫不费事。然而这等人家的趣味大都在于不缺少照例应有的点缀，自己的生活跟花草的生活却并没有多大干系；只要看花匠带回去的，不是干枯了的叶子，就是折断了的枝干，可见我这话没有冤枉了他们。再有些人家从小菜场买一些折枝截茎的花草，拿回来就插在花瓶里，不像日本人那样讲究什么“花道”，插成“乱柴把”或者“喜鹊窠”都不在乎；直到枯萎了，拔起来向垃圾桶一扔，就此完事。这除了“我家也有一点儿花草”以外，实在很少意味。

我们乐于亲近植物，趣味并不完全在看花。一条枝条伸出来，一张叶子展开来，你如果耐着性儿看，随时有新的色泽跟姿态勾引你的欢喜。到了秋天冬天，吹来几阵西风北风，树叶毫不留恋地掉将下来；这似乎最乏味了。然而你留心看时，就会发现枝条上旧时生着叶柄的处所，有很细小的一粒透露出来，那就是来春新枝条的萌芽。春天的到来是可以预计的，所以你对着没有叶子的枝条也不至于感到寂寞，你有来春看新绿的希望。这固然不值一班珍赏家的一笑，在他们，树一定要搜求佳种，花一定要能够入谱，寻常的种类跟谱外的货色就不屑一看；但是，果真能从花草方面得到真实的享受，做一个非珍赏家的“外行”又有什么关系。然而买一点折枝截茎的花草来插在花瓶里，那是无法得到这种享受的；叫花匠每个月送几回盆景来也不行，因为时间太短促，你不能读遍一种植物的生活史；自己动手弄盆栽当然比较好，可是植物入了盆犹如鸟进了笼，无论如何总显得拘束，滞钝，跟原来不一样。推究到底，只有把植物种在泥地里最好。可是哪来泥地呢？弄堂房子的天井里有的是坚硬的水门汀！

持水门汀去掉；我时时这样想，并且告诉别人。关切我的人就提出了驳议。有两说：又不是自己的房产，给点缀花木犯不着，这是一说；谁知道这所房子住多少日子，何必种了花木让别人看，这是又一说。前者着眼在经济；后者只怕徒劳而得不到报酬。这种见识虽然不能叫我信服，可是究属好意；我对他们都致了谢。然而也并没有立刻动手。直到三年前的冬季，才真个把天井里的水门汀的两边凿去，只留当中一道，作为通路。水门汀下面满是砖砾，烦一个工人用了独轮车替我运出去。他就从不很近的田野里载回来泥土，倒在凿开的地方。来回四五趟，泥土与留着的水门汀平了。于是我买一些植物来种下，计蔷薇两棵，紫藤两棵，红梅一棵，芍药根一个。蔷薇跟紫藤都落了叶，但是生着叶柄的处所，萌芽的小粒已经透出来了；红梅满缀着花蕾，有几个已经展开了一两瓣；芍药根生着嫩红的新芽，像一个个笔尖，尤其可爱。我希望它们发育得壮健些，特地从江湾买来一片豆饼，融化了，分配在各棵的根旁边；又听说芍药更需要肥料，先在安根处所的下边埋了一条猪的大肠。

不到两个月，"一二八"战役起来了。停战以后，我回去捡残余的东西。天井完全给碎砖断板掩没了。只红梅的几条枝条伸出来，还留着几个干枯的花萼；新叶全不见，大概是没命了。当时心里充满着种种的忿恨，一瞥过后，就不再想到花呀草呀的事。后来回想起来，才觉得这回的种植真是多此一举。既没有点缀人家的房产，也没有让别人看到什么，除了那棵红梅总算看见它半开以外，一点儿效果都没有得到，这才是确切的"犯不着"。然而当初提出驳议的人并不曾想到这一层。

去年秋季，我又搬家了。经朋友指点，来看这所房子，才进里门，我就中了意，因为每所房子的天井都留着泥地，再不用你费事，只一条过路涂的水门汀。搬了进来之后，我就打算种点儿东西。一个卖花的由朋友介绍过来了。我说要一棵垂柳，大约齐楼上的栏杆那么高。他说有，下礼拜早上送来。到了那礼拜天，一家人似乎有一位客人将要到来，都起得很早。但是，报纸送来了，到小菜场去买菜的回来了，垂柳却没有消息。那卖花的"放生"了吧，不免感到失望。忽然，"树来了！树来了！”在弄堂里赛跑的孩子叫将起来。三个人扛着一棵绿叶蓬蓬的树，到门首停下；不待竖直，就认知这是柳树而并不是垂柳。为什么不送一棵垂柳来呢？种活来得难哩，价钱贵得多哩，他们说出好些理由。不垂又有什么关系，具有生意跟韵致是一样的。就叫他们给我种在门侧；正是齐楼上的栏杆那么高。问多少价钱，两块四，我照给了。人家都说太贵，若在乡下，这样一棵柳树值不到两毛钱。我可不这么想。三个人的劳力，从江湾跑了十多里路来到我这里，并且带来一棵绿叶蓬蓬的柳树，还不值这点儿钱吗？就是普通的商品，譬如四毛钱买一双袜子，一块钱买三罐香烟，如果撇开了资本吸收利润这一点来说，付出的代价跟取得的享受总有些抵不过似的，因为每样物品都是最可贵的劳力的化身，而付出的代价怎样来的未必每个人没有问题。

柳树离开了土地一些时，种下去过了三四天，叶子转黄，都软软地倒垂了；但枝条还是绿的。半个月后就是小春天气，接连十几天的暖和，枝条上透出许多嫩芽来；这尤其叫人放心。现在吹过了几阵西风，节令已交小寒，这些嫩芽枯萎了。然而清明时节必将有一树新绿是无疑的。到了夏天，繁密的柳叶正好代替凉棚，遮护这小小的天井：那又合于家庭经济原理了。

柳树以外我又在天井里种了一棵夹竹桃，一棵绿梅，一条紫藤，一丛蔷薇，一个芍药根，以及叫不出名字来的两棵灌木；又有一棵小刺柏，是从前住在这里的人家留下来的。天井小，而我偏贪多；这几种东西长大起来，必然彼此都不舒服。我说笑话，我安排下一个“物竞”的场所，任它们去争取“天择”吧。那棵绿梅花蕾很多，明后天有两三朵开了。

1935年2月1日

没有秋虫的地方

阶前看不见一茎绿草，窗外望不见一只蝴蝶，谁说是鹁鸽箱里的生活，鹁鸽未必这样枯燥无味呢。

秋天来了，记忆就轻轻提示道，“凄凄切切的秋虫又要响起来了。”可是一点影响也没有，邻舍儿啼人闹弦歌杂作的深夜，街上轮震石响邪许并起的清晨，无论你靠着枕头听，凭着窗沿听，甚至贴着墙角听，总听不到一丝秋虫的声息。并不是被那些欢乐的劳困的宏大的清亮的声音淹没了，以致听不出来，乃是这里根本没有秋虫。啊，不容留秋虫的地方！秋虫所不屑居留的地方！

若是在鄙野的乡间，这时候满耳朵是虫声了。白天与夜间一样地安闲；一切人物或动或静，都有自得之趣；嫩暖的阳光和轻淡的云影覆盖在场上。到夜呢，明耀的星月和轻微的凉风看守着整夜，在这境界这时间里唯一足以感动心情的就是秋虫的合奏。它们高低宏细疾徐作歇，仿佛经过乐师的精心训练，所以这样的无可批评，踌躇满志。其实它们每一个都是神妙的乐师；众妙毕集，各抒灵趣，哪有不成人间绝响的呢。

虽然这些虫声会引起劳人的感叹，秋士的伤怀，独客的微喟，思妇的低泣；但是这正是无上的美的境界，绝好的自然诗篇，不独是旁人最欢喜吟味的，就是当境者也感受一种酸酸的麻麻的味道，这种味道在另一方面是非常隽永的。

大概我们所祈求的不在于某种味道，只要时时有点儿味道尝尝，就自诩为生活不空虚了。假若这味道是甜美的，我们固然含着笑来体味它；若是酸苦的，我们也要皱着眉头来辨尝它：

这总比淡漠无味胜过百倍。我们以为最难堪而极欲逃避的，惟有这个淡漠无味！

所以心如槁木不如工愁多感，迷蒙地醒不如热烈地梦，一口苦水胜于一盏白汤，一场痛哭胜于哀乐两忘。这里并不是说愉快乐观是要不得的，清健地醒是不必求的，甜汤是罪恶的，狂笑是魔道的；这里只是说有味远胜于淡漠罢了。

所以虫声终于是足系恋念的东西。何况劳人秋士独客思妇以外还有无量数的人，他们当然也是酷嗜趣味的，当这凉意微逗的时候，谁能不忆起那美妙的秋之音乐？

可是没有，绝对没有！井底似的庭院，铅色的水门汀地，秋虫早已避去唯恐不速了。而我们没有它们的翅膀与大腿，不能飞又不能跳，还是死守在这里。想到“井底”与“铅色”，觉得象征的意味丰富极了。

1923年8月31日

1981年11月7日修改

幸福的人，从不晚睡

学校规定晚上十点钟熄第一次灯，一刻钟之后熄第二次，再一刻钟之后，灯又熄了，这就再也不亮了，直到第二天天黑了的时候。

虽说熄灯有一定的时间，我可向来不准时睡觉。人累了，眼睛只少用竹片儿来撑开的时候，不管它八点九点，就倒在床上，一觉睡到大天亮。

勤奋的时候，钟打了十下还坐着看书，对于一次又一次的熄灯，不免产生怨恨，好像受着一种极大的威胁，想反抗又不能，除了乖乖地立刻上床，免得等会儿暗中摸索，此外再没有更好的办法了。

这种经验也不止一回了，每一回总使我对于时间的不肯停留，产生一种莫名其妙的畏惧与憎恨。

或者是第二天的功课没有预备好，或者是正在读一本小说，读得津津有味。

第一次熄灯了，我不上床，心里想，反正还有半个钟头，不妨再看一会儿。

等到第二次灯又熄了，还是舍不得放下手里的书，便朝自己说："再看五分钟吧。"直挨到不能再挨，光明的时间只剩一两分钟了，这才丢下书本，赶忙铺床，结果常常是鞋也没来得及脱，灯就熄了。

整个屋子黑漆漆的，我就摸着枕头的位置，慢慢地把身子放稳。我把眼睛睁得大大的，想在黑暗中找见一点光亮，可是除了一些黑的更黑的形象以外，什么也分辨不清。

于是我向黑暗屈服了，心里充满了受辱的委屈，渐渐进入梦境。

这种受着时间威胁的情绪，有几个晚上特别浓重。

为了怕摸黑铺被解衣，我决定在熄灯之前上床，就此躺着看书，直到最后一秒钟。可是，每当熄了第二次灯以后，心情就紧张起来了。

明知一刻钟的时间会极快地溜过去，却想在这短短的时间中读到某一页的某一段，就不由自主地时时估量那剩下的时间，"大概还有八分钟了"，"至多只剩五分钟了"，眼睛像跑马似的掠过那一行一行的小字。离我预计看完的段落越近，四周立刻变成黑暗的可能性就越大。

我用了我所有的力量争取时间，只有三行了，只有两行了，最后一行了，可是——可是灯熄了，无情地熄了，再也没法知道那最后几个是什么字。

我睁大了眼睛希望目光能穿过那黑暗找到一点儿光明，享受一点儿胜过时间的骄傲。然而黑暗既深且广，没有边际，我的失败是注定的了。

要是我能重新把电灯开亮，要是我能点上油灯，要是我能让时间溜过而不影响我享受光亮，那么这种感受威胁的滋味再也不会有了。可是我不能，除了躺在黑暗之中抱怨以外，我什么也不能。

“要是白天多看一分钟的书就好了。”

“要是白天能多读半点钟，今晚就能把这本书读完了。”

要是白天曾珍惜时间，要是白天曾珍惜光亮，如同对待熄灯前的一分一秒那样，我该完成了多少该做的想做的事情呢!

在白天，我玩儿，我聊天，让光亮的白天悄悄地溜过，直到最后的几分钟，我才追赶它，太晚了，它已经去远了。

于是我希望它第二天归来，以弥补前一天的错失——可是，失去的时间又怎么能弥补呢?

把光亮的开头比做人的初生，那么黑暗的降临就是人的结局。把人的一生看作长长的一天，那么安静地躺在坟墓中的时候，就是一天的结束，就是黑夜的开始，这黑夜将永远延续下去，再也不会天亮。

想到晚间受到的那种无可抵抗的威胁，想到晚间那份珍惜时间的心情，就觉得浪费每分有光亮的时间，对自己是不可饶恕的罪行。

让造物的珍贵而有限的赐予，在我们手里轻轻地消耗掉，事后所能有的只是无补于事的悔恨，这种罪行是危害我们自己。

把人生的路程算作一天，那么现在太阳正高高地照着我，离开黄昏时分还有很长的一段时间。但是，我终究会望见那尽头一会儿，太阳西移了，影子转了向，渐渐地伸长；而当一切影子变得很长很淡的时候，太阳将突然消失在山谷里，一切的影子也就消失了，只剩下苍茫的暮色。这时候黑夜已大步踏向我走来，它将占有我的生命直到永远。

要是能趁早把一切该做的事情做了，抢在时间前先行一步，那么，事后的焦急和惶恐就可以避免了。

事后的焦急和惶恐会刺伤你的心，使你的心没有一刻安宁，直到生命的止境。

有谁愿意夜间不得安眠？更有谁愿意噩梦相扰？恬静的安眠是夜间的幸福。努力了一天，身体疲劳了，心灵却很宁静，倒在床上，双眼自然地阖上了。

要是白天没有把该做的事做了，倒在床上，自责与悔恨涌上心头，使你翻来覆去不能入睡；幸而睡着了，梦中还是在自责与悔恨，忍受这样的折磨是应该的。

浪费那永不停留的时间不能不付代价，努力或者忍受烦恼，随我们自己选择。

不要在夕阳斜照的时候烦恼吧，那正该是休息的时候。要是曾经努力地过了这一天，正应该在夕阳的柔和的光辉下，静静地享受些清闲了。

草地也许散发出醉人的香气，就此舒适地躺下来，看看四周景物的清丽与幽秀，欣赏欣赏晚霞的浓艳与神妙。

眼睛累了，就轻轻地阖上；心神倦了，就静静地睡去；在黑夜降临的时候，得到一个安静的睡眠。

散文精读·叶圣陶 >>

人物

白　采

那一年我从甪直搬回苏州，一个晴朗的朝晨，白采君忽地来看我。先前没有通过信，来了这样轻装而背着画具的人，觉得突兀。但略一问答之后，也就了然，他是游苏州写风景来的，因为知道我的住址，顺便来看我。我始终自信是一无所知一无所能的人，虽然有愿意了解别人以善意恳切对待别人的诚心，但是从小很少受语言的训练，在人前难得开口，开口又说不通畅，往往被疑为城府很深甚至是颇近傲慢的人。而白采君忽地来看我，我感激并且惭愧。

白采君颇白皙，躯干挺挺的使人羡慕。坐了一会，他说附近有什么可看的地方愿意去看看。我就同他到沧浪亭，在桥上望尚未凋残的荷盖。转到文庙，踏着泮池上没踝的丛草，蚱蜢之类便三三两两飞起来。

大成殿森然峙立在我们面前，微闻秋虫丝丝的声音，更显得这境界的寂寥。我们站在殿前的阴影里，不说话。白采君凝睛而望，一手按着内装画板的袋子。我想他找到画题了吧，看他作画倒是有味的事。但是他并不画，从他带笑的颧颊上知道他得到的感兴却不平常。

我想同他出城游虎丘，但是他阻住我，说太远了，他不愿多费我的时间，——其实我的时间算得什么，我声明无妨，他只是阻住，于是非分别不可了。就在文庙墙外，他雇了一头驴子，带着颇感兴趣的神情跨了上去。驴夫一鞭子，那串小铜铃康郎康郎作响，不多时就渺无所闻，只见长街远处小玩具似的背影在那里移动。

我的记性真不行，那一天谈些什么，现在全想不起来了。

后来也通过好几回信，都是简短的，并不能增进对于他的了解。但是他的几篇小说随后看到了，我很满意。我们读无论怎样好的文字，最初的感觉也无非是个满意，换句话说，就是字字句句入我意中，觉得应该这么说，不这么说就不对。但是，单说满意似乎太寒碜了，于是找些渊博的典雅的话来这样那样烘托，这就是文学批评。去年，他的深自珍秘的一首长诗《羸疾者的爱》刊布出来了，我读了如食异味，深觉与平日吃惯了的青菜豆腐乃至鱼肉不同，咀嚼之余，颇想写一点文字。但是念头一转，我又不懂什么文学批评，何必强作解人呢，就把这意思打消了。不过我坚强地相信这是一首好诗，虽然称道的人不大有。

去年冬，我们到江湾看子恺君的漫画。在立达学园门前散步的时候，白采君与别的几位教师从里面出来，就一一招呼，错落聚谈。白采君不是前几年的模样了，变得消瘦，黝黑，干枯，说话带伤风的鼻音。后来知道他有吐血的病。

今年大热天的一个午后，愈之君跑来突然说："白采死了！"

"啊！"大家愕然。

我恍惚地想大概是自杀吧；当时虽不曾想到他的诗与小说。但是他的诗与小说早使我认定他是骨子里悲观的人。

经愈之君说明，才知道是病死在船上的。

"人生如朝露"等古老的感慨，心里固然没有，但是一个相识而且了解他的心情的人离开我们去了，永不回来了，决不是暂时的哀伤。

他的遗箧里有许多珍秘的作品，我愿意尽数地读它们。已经刊布的一篇诗一本小说集，近来特地捡出来重读了。我们能更多地了解他，他虽然死了，会永远生存在我们的心里。

1926年10月5日

驾　长

白木船上的驾长就等于轮船上的大副，他掌着舵。

一个晚上，我们船上的驾长喝醉了，他年纪快五十，喝醉了就唠唠叨叨有说不完的话。那天船歇在云阳，第二天要过好几个滩，他说推桡子的不肯卖力，前几天过滩，船在水面打了个转，这不是好耍的。他说性命是各人的，他负不了这个责。当时就有个推桡子的顶他，"'行船千里，掌舵一人'，你舵没有把稳，叫我们推横桡的怎么办!"

在大家看来，驾长是船上顶重要的人物。我们雇木船的时候，担心到船身牢实不牢实。船老板说："船不要紧，人要紧。只要请的人对头，再烂的船也能搞下去。"他说的"人"大一半儿指的驾长。船从码头开出，船老板就把他的一份财产全部交给驾长了，要是他跟着船下去，连他的性命也交给了驾长。乘客们呢，得空跟驾长聊几句，晚上请他喝几杯大曲。"巴望他好好儿把我们送回去，好好儿把我们送回去吧。"

舵在后舱，一船的伙计就只有驾长在后舱做活路。我们见着驾长的时候最多，对于驾长做的活路比较熟悉。一清早，我们听驾长爬过官舱的顶篷到后舱的顶篷，一手把后舱的一张顶篷揭起，一片亮就透进舱来。我们看他把后舱的顶篷全收了，拿起那块长长的蹬板搁在两边舱壁上，一脚蹬上去，手把住舵。于是前面的桡夫就下篙子，船撑开了。

驾长那么高高地站在蹬板上，头露出在顶篷外，舵把子捏在手里，眼睛望着前面。我们觉得这条船仿佛是一匹马，一匹能够随意驰骋的马，而驾长是骑手。你要说这是个很美的比喻吧？可是，他掌着舵只是做活路，没有大野驰马的豪兴。我们同行有两条船，两条船上的驾长都喝酒。我们船上的年纪大多了，力气差些，到滩上，他多半在蹬板上跺脚，连声喊："扳重点！扳重点！……就跟搔痒一样！"有一回，舵把子打手里滑脱了，亏得旁边几个乘客帮他扳住。他重新抓住舵把子的时候，笑了笑说："好几个百斤重呢。不是说着耍的。"另一条船上的年轻人什么时候都喝酒，他夸张地摆给我们听："不喝酒可有点儿害怕呢。脚底下水那么凶，不说假的，你们看到就站不住。喝点酒，要放心些。"我们的驾长就不然，做活路的时候他决不喝酒。这不是说他比那年轻人胆大，对于可怕的水他们两个抱着不同的害怕态度。

木船上禁忌很多，好些话不能说。偏偏那些话关于航行的多，我们时常会不知不觉地说出来。推桡子的听见了，会朝我们说："说不得，说不得。"驾长听见了，会老大的不高兴，好像我们故意在跟他捣蛋。是的，人家把性命财产交给了他，他把这个责任跟他自己的性命一半儿交给了“经验”，还有一半儿呢，不知道交给什么，也许就是交给那些禁忌吧。船上的伙计们说：“船开动了头，就不消问哪天到哪里。这是天的事，你还做得到主啊？”

川江的水凶，水太急的地方，单凭一把舵转不过弯来。所以船头上还有一根梢子，在要紧时候好帮帮舵的忙。扳梢子的大家也把他叫做驾长。到滩上，他总站在船头比手势，给掌舵的指明水路，好像是轮船上的领江。他拿的工钱跟掌舵的一样。

1946年4月18日

1981年10月14日修改

两法师

在到功德林去会见弘一法师的路上，怀着似乎从来不曾有过的洁净的心情；也可以说带着渴望，不过与希冀看一出著名的电影剧等的渴望并不一样。

弘一法师就是李叔同先生，我最初知道他在民国初年；那时上海有一种《太平洋报》，其艺术副刊由李先生主编，我对于副刊所载他的书画篆刻都中意。以后数年，听人说李先生已经出了家，在西湖某寺。游西湖时，在西泠印社石壁上见到李先生的“印藏”。去年子恺先生刊印《子恺漫画》，丏尊先生给它作序文，说起李先生的生活，我才知道得详明些；就从这时起，知道李先生现在称弘一了。

于是不免向子恺先生询问关于弘一法师的种种。承他详细见告。十分感兴趣之余，自然来了见一见的愿望，就向子恺先生说了。“好的，待有机缘，我同你去见他。”子恺先生的声调永远是这样朴素而真挚的。以后遇见子恺先生，他常常告诉我弘一法师的近况：记得有一次给我看弘一法师的来信，中间有“叶居士”云云，我看了很觉惭愧，虽然“居士”不是什么特别的尊称。

前此一星期，饭后去上工，劈面来三辆人力车。最先是个和尚，我并不措意。第二是子恺先生，他惊喜似的向我点头。我也点头，心里就闪电般想起“后面一定是他”。人力车夫跑得很快，第三辆一霎经过时，我见坐着的果然是个和尚，清癯的脸，颔下有稀疏的长髯。我的感情有点激动，“他来了！”这样想着，屡屡回头望那越去越远的车篷的后影。

第二天，就接到子恺先生的信，约我星期日到功德林去会见。

是深深尝了世间味，探了艺术之宫的，却回过来过那种通常以为枯寂的持律念佛的生活，他的态度该是怎样，他的言论该是怎样，实在难以悬揣。因此，在带着渴望的似乎从来不曾有过的洁净的心情里，还搀着些惝恍的成分。

走上功德林的扶梯，被侍者导引进那房间时，近十位先到的客人恬静地起立相迎。靠窗的左角，正是光线最明亮的地方，站着那位弘一法师，带笑的容颜，细小的眼眸子放出晶莹的光。丏尊先生给我介绍之后，叫我坐在弘一法师的侧边。弘一法师坐下来之后，就悠然数着手里的念珠。我想一颗念珠一声“阿弥陀佛”吧，本来没有什么话要向他谈，见这样更沉入近乎催眠状态的凝思，言语是全不需要了。可怪的是在座一些人，或是他的旧友，或是他的学生，在这难得的会晤时，似乎该有好些抒情的话与他谈，然而不然，大家也只默然不多开口。未必因僧俗殊途，尘净异致，而有所矜持吧。或许他们以为这样默对一二小时，已胜于十年的晤谈了。

晴秋的午前的时光在恬然的静默中经过，觉得有难言的美。

随后又来了几位客，向弘一法师问几时来的，到什么地方去那些话。他的回答总是一句短语；可是殷勤极了，有如倾诉整个心愿。

因为弘一法师是过午不食的，十一点钟就开始聚餐。我看他那曾经挥洒书画弹奏钢琴的手郑重地夹起一荚豇豆来，欢喜满足地送入口中去咀嚼的那种神情，真惭愧自己平时的乱吞胡咽。

“这碟子是酱油吧？”

以为他要酱油，某君想把酱油碟子移到他前面。

“不，是这个日本的居士要。”

果然，这位日本人道谢了，弘一法师于无形中体会到他的愿欲。

石岑先生爱谈人生问题，著有《人生哲学》，席间他请弘一法师谈些关于人生的意见。

“惭愧，”弘一法师虔敬地回答，“没有研究，不能说什么。”

以学佛的人对于人生问题没有研究，依通常的见解，至少是一句笑话，那么，他有研究而不肯说么？只看他那殷勤真挚的神情，见得这样想时就是罪过，他的确没有研究。研究云者，自己站在这东西的外面，而去爬剔、分析、检查这东西的意思。像弘一法师，他一心持律，一心念佛，再没有站到外面去的余裕。哪里能有研究呢?

我想，问他像他这样的生活，觉得达到了怎样一种境界，或者比较落实一点儿。然而健康的人不自觉健康，哀乐的当时也不能描状哀乐；境界又岂是说得出的。我就把这意思遣开；从侧面看弘一法师的长髯以及眼边细密的皱纹，出神久之。

饭后，他说约定了去见印光法师，谁愿意去可同去。印光法师这个名字知道得很久了，并且见过他的文抄，是现代净土宗的大师，自然也想见一见。同去者计七八人。

决定不坐人力车，弘一法师拔脚就走，我开始惊异他步履的轻捷。他的脚是赤着的，穿一双布缕缠成的行脚鞋。这是独特健康的象征啊，同行的一群人哪里有第二双这样的脚。惭愧，我这年轻人常常落在他背后。我在他背后这样想：

他的行止笑语，真所谓纯任自然，使人永不能忘，然而在这背后却是极严谨的戒律。丏尊先生告诉我，他曾经叹息中国的律宗有待振起，可见他是持律极严的。他念佛，他过午不食，都为的持律。但持律而到达非由“外铄”的程度，人就只觉得他一切纯任自然了。似乎他的心非常之安，躁忿全消，到处自得；似乎他以为这世间十分平和，十分宁静，自己处身其间，甚而至于会把它淡忘。这因为他把所谓万象万事划开了一部分，而生活在留着的一部分内之故。这也是一种生活法，宗教家大概采用这种生活法。

他与我们差不多处在不同的两个世界。就如我，没有他的宗教的感情与信念，要过他那样的生活是不可能的，然而我自以为有点儿了解他，而且真诚地敬服他那种纯任自然的风度。哪一种生活法好呢？这是愚笨的无意义的问题。只有自己的生活法好，别的都不行，夸妄的人却常常这么想。友人某君曾说他不曾遇见一个人让他愿意把自己的生活与这个人对调的，这是踌躇满志的话。人本来应当如此，否则浮漂浪荡，岂不像没舵之舟。然而某君又说尤其要紧的是同时得承认别人也未必愿意与我对调。这就与夸妄的人不同了；有这么一承认，非但不菲薄别人，并且致相当的尊敬，彼此因观感而潜移默化的事是有的。虽说各有其生活法，究竟不是不可破的坚壁；所谓圣贤者转移了什么什么人就是这么一回事。但是板着面孔专事菲薄别人的人决不能转移了谁。

到新闸太平寺，有人家借这里办丧事，乐工以为吊客来了，预备吹打起来，及见我们中间有一个和尚，而且问起的也是和尚，才知道误会，说道，“他们都是佛教里的。”

寺役去通报时，弘一法师从包袱里取出一件大袖，僧衣来（他平时穿的，袖子与我们的长衫袖子一样），恭而敬之地穿上身，眉宇间异样地静穆。我是欢喜四处看望的，见寺役走进去的沿街的那个房间里，有个躯体硕大的和尚刚洗了脸，背部略微伛着，我想这一定就是了。果然，弘一法师头一个跨进去时，就对这位和尚屈膝拜伏，动作严谨且安详，我心里肃然，有些人以为弘一法师该是和尚里的浪漫派，看见这样可知完全不对。

印光法师的皮肤呈褐色，肌理颇粗，一望而知是北方人；头顶几乎全秃，发光亮；脑额很阔；浓眉底下一双眼睛这时虽不戴眼镜，却用戴了眼镜从眼镜上方射出眼光来的样子看人，嘴唇略微皱瘪，大概六十左右了，弘一法师与印光法师并肩而坐，正是绝好的对比，一个是水样的秀美，飘逸，一个是山样的浑朴，凝重。

弘一法师合掌恳请了，“几位居士都欢喜佛法，有曾经看了禅宗的语录的，今来见法师，请有所开示，慈悲，慈悲。”对于这“慈悲，慈悲”，感到深长的趣味。

“嗯，看了语录，看了什么语录？”印光法师的声音带有神秘味，我想这话里或者就藏着机锋吧。没有人答应。弘一法师就指石岑先生，说这位先生看了语录的。

石岑先生因说也不专看哪几种语录，只曾从某先生研究过法相宗的义理。

这就开了印光法师的话源。他说学佛须要得实益，徒然嘴里说说，作几篇文字，没有道理；他说人眼前最紧要的事情是了生死，生死不了，非常危险；他说某先生只说自己才对，别人念佛就是迷信，真不应该。他说来声色有点儿严厉，间以呵喝。我想这触动他旧有的忿忿了。虽然不很清楚佛家的“我执”“法执”的涵蕴是怎样，恐怕这样就有点儿近似。这使我未能满意。

弘一法师再作第二次恳请，希望于儒说佛法会通之点给我们开示。

印光法师说二者本一致，无非教人父慈子孝兄友弟恭等等。不过儒家说这是人的天职，人若不守天职就没有办法。佛家用因果来说，那就深奥得多。行善就有福，行恶就吃苦。人谁愿意吃苦呢？——他的话语很多，有零星的插话，有应验的故事，从其间可以窥见他的信仰与欢喜。他显然以传道者自任，故遇有机缘不惮尽力宣传；宣传家必有所执持又有所排抵，他自也不免。弘一法师可不同，他似乎春原上一株小树，毫不愧怍地欣欣向荣，却没有凌驾旁的卉木而上之的气概。

在佛徒中，这位老人的地位崇高极了，从他的文抄里，见有许多的信徒恳求他的指示，仿佛他就是往生净土的导引者。这想来由于他有很深的造诣，不过我们不清楚，但或者还有别一个原因。一般信徒觉得那个“佛”太渺远了，虽然一心皈依，总不免感到空虚；而印光法师却是眼睛看得见的，认他就是现世的“佛”，虔敬崇奉，亲接謦欬，这才觉得着实，满足了信仰的欲望。故可以说，印光法师乃是一般信徒用意想来装塑成功的偶像。

弘一法师第三次“慈悲，慈悲”地恳求时，是说这里有讲经义的书，可让居士们“请”几部回去。这个“请”字又有特别的味道。

房间的右角里，袋钉作似的，线袋、平袋的书堆着不少：不禁想起外间纷纷飞散的那些宣传品。由另一位和尚分派，我分到黄智海演述的《阿弥陀经白活解释》，大圆居士说的《般若波罗密多心经口义》，李荣祥编的《印光法师嘉言录》三种。中间《阿弥陀经白活解释》最好，详明之至。

于是弘一法师又屈膝拜伏，辞别。印光法师颠着头，从不大敏捷的动作上显露他的老态。待我们都辞别了走出房间，弘一法师伸两手，郑重而轻捷地把两扇门拉上了。随即脱下那件大袖的僧衣，就人家停放在寺门内的包车上，方正平帖地把它折好包起来。

弘一法师就要回到江湾子恺先生的家里，石岑先生予同先生和我就向他告别。这位带有通常所谓仙气的和尚，将使我永远怀念了。

我们三个在电车站等车，滑稽地使用着“读后感”三个字，互诉对于这两位法师的感念。就是这一点，已足证我们不能为宗教家了，我想。

1921年10月8日

1981年11月22日修改

春联儿

出城回家常坐鸡公车。十来个推车的差不多全熟识了，只要望见靠坐在车座上的人影儿，或是那些抽叶子烟的烟杆儿，就辨得清谁是谁。其中有个老俞，最善于招揽主顾，见你远远儿走过去，就站起来打招呼，转过身子，拍拍草垫，把车柄儿提在手里。这就叫旁的车夫不好意思跟他竞争，主顾自然坐了他的。

老俞推车，一路跟你谈话。他原籍眉州，苏东坡的家乡，五世祖放过道台，只因家道不好，到他手里流落到成都。他在队伍上当过差，到过雅州和打箭炉。他做过庄稼，利息薄，不够一家子吃的，把田退了，跟小儿子各推一挂鸡公车为生。大儿子在前方打国仗，由二等兵升到了排长，隔个把月二十来天就来封信，封封都是航空挂。他记不清那些时常改变的地名儿，往往说："他又调动了，调到什么地方——他信封上写得清清楚楚，下回告诉老师你吧。"

约摸有三四回出城没遇见老俞。听旁的车夫说，老俞的小儿子胸口害了外症，他娘听信邻舍妇人家的话，没让老俞知道请医生给开了刀，不上三天就死了。老俞哭得好伤心，哭一阵子跟他老婆拼一阵子命。哭了大半天才想起收拾他儿子，把两口猪卖了买棺材。那两口猪本来打算腊月间卖，有了这本钱，他就可以做些小买卖，不再推鸡公车，如今可不成了。

一天，我又坐老俞的车。看他那模样儿，上下眼皮红红的，似乎喝过几两干酒，颧骨以下的面颊全陷了进去，左边陷进更深，嘴就见得歪了。他改变了往常的习惯，只顾推车，不开口说话，呼呼的喘息声越来越粗，我的胸口也仿佛感到压迫。

“老师，我在这儿想，通常说因果报应，到底有没有？”他终于开口了。

我知道他说这个话的所以然，回答他说有或者没有，同样嫌口啰嗦，就含胡其辞应接道：“有人说有的，我也不大清楚。”

“有的吗？我自己摸摸心，拷问自己，没占过人家的便宜，没糟蹋过老天爷生下来的东西，连小鸡儿也没踩死过一只，为什么处罚我这样凶？老师，你看见的，长得结实干得活儿的一个孩儿，一下子没有了！莫非我干了什么恶事，自己不知道。我不知道，可以显个神通告诉我，不能马上处罚我！”

这跟《伯夷列传》里的“天之报施善人其何如哉！”“傥所谓天道是耶非耶？”是同样的调子，我想。我不敢多问，随口说："你把他埋了？"

"埋了，就在邻舍张家的地里。两口猪，卖了四千元，一千元的地价，三千元的棺材——只是几片薄板，像个火柴盒儿。"

"两口猪才卖得四千元。"

"腊月间卖当然不止，五千六千也卖得。如今是你去央求人家，人家买你的是帮你的忙，还论什么高啊低的。唉，说不得了，孩子死了，猪也卖了，先前想的只是个梦，往后还是推我的车子——独个儿推车子，推到老，推到死！"

我想起他跟我同岁，甲午生，平头五十，莫说推到死，就是再推上五年六年，未免太困苦了。于是转换话头，问他的大儿子最近有没有信来。

"有，有，前五天接了他的信。我回复他，告诉他弟弟死了，只怕送不到他手里，我寄了航空双挂号。我说如今只剩你一个了，你在外头要格外保重。打国仗的事情要紧，不能叫你回来，将来把东洋鬼子赶了出去，你赶紧就回来。"

"你明白。"我着实有些激动。

"我当然明白。国仗打不赢，谁也没有好日子过，第一要紧是把国仗打赢，旁的都在其次。——他信上说，这回作战，他们一排弟兄，轻机关枪夺了三挺，东洋鬼子活捉了五个，只两个弟兄受了伤，都在腿上，没关系。老师，我那儿子有这么一手，也亏他的。"

他又琐琐碎碎地告诉我他儿子信上其他的话，吃些什么，宿在哪儿，那边的米价多少，老百姓怎么样，上个月抽空儿自己缝了一件小汗褂，鬼子的皮鞋穿上脚不及草鞋轻便，等等。我猜他把那封信总该看了几十遍，每个字都让他嚼得稀烂，消化了。

他似乎暂时忘了他的小儿子。

新年将近，老俞要我给他拟一副春联儿，由他自己去写，贴在门上。他说好几年没贴春联儿了，这会子非要贴一副，洗刷洗刷晦气。我就给他拟了一副：

有子荷戈庶无愧

为人推毂亦复佳

约略给他解释一下，他自去写了。

有一回我又坐他的车，他提起步子就说："你老师给我拟的那副春联儿，书塾里老师仔细讲给我听了。好，确实好，切，切得很，就是我要说的话。有个儿子在前方打国仗，总算对得起国家。推鸡公车，气力换饭吃，比哪一行正经行业都不差。老师，你是不是这个意思？"

我回转身子点点头。

"老师你真是摸到了人家心窝里，哈哈！"

1944年5月22日

夏丏尊先生逝世

我们要告诉读者诸君一个哀痛的消息，夏丏尊先生在上月二十三日下午九点三刻逝世了。他害了肺病，一直没有注意，不知道染上了多久。发觉害病在去年夏秋之交，休养了一些日子。到胜利消息传来的时候，已经好起来，当夜的过度兴奋使他没有睡觉：再度发病在今年一月间，起初是不能出门，后来就不能离床，延续三个月，终于不治而死。他享年六十一岁。

本志在十九年创刊，夏先生是创刊当时的主编人。他与我们一班朋友不办旁的杂志，却办《中学生》，老实说，由于我们不满意当前的学校教育。学生在学校里，应该名副其实地受教育，可是看看实际情形，学生只得到些僵化的知识。僵化的知识可以作生活的点缀品，这也懂得一些，那也懂得一些，就可以摆起知识分子的架子来，但是，僵化的知识不能化为好习惯，在生活上终身受用，夏先生写过一篇《受教育与受教材》，阐明的就是这层意思。我们想，尽我们的微力，或许对于学生界有些帮助吧，于是办起《中学生》来，我们自知所知所能都很有限，不敢处于施与者的地位，双手捧出一套东西来，待读者诸君全盘承受：我们只能与读者诸君处于同等地位，彼此商商量量，共学互勉，就在这中间受到一些名副其实的教育。我们说“帮助”，意思就在于此。这个作风是夏先生开创的，后来杂志虽然不归他编了，作风可没有改变：现在夏先生离开我们了，我们自然要继承他的遗志，凭本志给学生界一些帮助，永远不改变。

在目前的读者诸君中，认识夏先生的想来不多。但是，由于本志，由于他所著译的《平屋杂文》《爱的教育》等书，由于他参加创办的开明书店，心目中有个夏先生在的，为数一定不少。现在我们宣布夏先生逝世的消息，诸君该会恻然伤神。悼念这位神交的朋友。在这儿，容我们叙述关于夏先生的几点，供诸君悼念他的时候参考。

夏先生幼年在家塾读书，学作八股文，十六岁上考取了秀才。十七岁开始受新式教育，考进上海的中西学院，只读了一学期。十八岁进绍兴府学堂，也只读了一学期，后来往日本留学，先进宏文学院普通科。没等到毕业，考进东京高等工业学校。不到一年，就因费用不给回国，开始当教员，那时他二十一岁。他受学校教育的时期非常之短，没有在什么学校毕过业。没有领过一张毕业文凭。他对于社会人生的看法，对于立身处世的态度，对于学术思想的理解，对于文学艺术的鉴赏，都是从读书、交朋友、面对现实得来的，换一句说，都是从自学得来的。他没有创立系统的学说，没有建立伟大的功业，可是，他正直地过了一辈子，识与不识的人一致承认他有独立不倚的人格。自学能够达到这个地步，也就是大大的成功了。如果有怀疑自学的人，我们要郑重地告诉他，请看夏先生的榜样。

夏先生当教师，没有什么特别的秘诀，用两句话就可以概括：对学生诚恳，对教务认真。人生在世，举措有种种，方式也有种种，可是扼要说来，不外乎对人对事两项。对学生诚恳，对教务认真，在教师的立场上，可以说已经抓住了对人对事两项的要点。所以他的许多学生虽然已届中年，没有不感到永远乐于与他亲近的，分处两地的写信给他，同在一地的时常去看望他，与他谈论或大或小的事，向他表示种种的关切：偶尔有几个见解与他违异，或者因为行为不检，思想谬误，受过他当面或背后的指斥，他们仍然真心地爱他，口头心头总是恭敬地叫他“夏先生”。在他殡殓的那一天，他的一位学生朱苏典先生走进殡仪馆就含着眼泪，眼圈红红的，直到遗体入殓，没有能抑制他的悲戚。朱先生五十光景了，已经留须，牙齿也有脱落，看见这么一位老学生伤悼他的老师，真令人感动，同时觉得必须是这样的老师才不愧为老师。目前的教育要彻底改革，已经毫无疑问，可是教育无论如何改革，总得通过教师才会见实效。我们期望像夏先生那样的教师逐渐多起来，配合着今后政治经济种种的改革，守住教育的岗位，对学生诚恳，对教务认真。

上月二十二日上午，距离夏先生逝世三十四半小时，夏先生朝社友叶圣陶说了如下的话："胜利，到底啥人胜利——无从说起！"说这话以前，他已曾昏迷过好几回，说这话的时候却是清醒的，病容上那副悲天悯人的神色，令人永远不忘。胜利消息传来的那一夜他兴奋得睡不成觉，在八个月之后，在他逝世的前一天，却勉力挣扎说出这样的话来，可见几个月来他的伤痛很深。他那伤痛不是他个人的，是我国全体老百姓的，老百姓经历了耳闻目睹以及身受的种种，谁不伤痛，谁不想问一声"胜利，到底啥人胜利？"自私自利的那批家伙太可恶了，他们攘夺了老百姓的胜利，以致应分得到胜利的老百姓得不到胜利。但是我们要虔敬地回答夏先生，胜利终会属于老百姓的，这是事势之必然。老百姓要生活，要好好地生活，要物质上精神上都够得上标准的生活，非胜利不可，胜利不到手，非努力争取不可。努力复努力，争取复争取，最后胜利属于老百姓。夏先生，你安心地休息吧，待你五年祭十年祭的时候，我们将告诉你老百姓已经得到了胜利的消息。

1946 年 5 月

“生活教育”——怀念陶行知先生

关于教育的见解，千差万别，可是扼要地区别起来，也很简单，大致可以分为相反的两派。就教育的目标说，一派希望受教育者成为工具；另一派希望受教育者成为人，独立不倚的人，不比任何人卑微浅陋的人。就教育的理解说，一派认为受教育者像个空瓶子，其中一无所有，开着瓶口等待把东西装进去；另一派认为受教育者自有发掘探讨的能力，这种能力只待培养，只待启发，教育事业并非旁的，就只是做那培养和启发的工作：就教育的方法说，一派注重记诵，使受教育者无条件地吞下若干东西；另一派注重创发，不但使受教育者吞下若干东西，尤其重要的在使受教育者消化那些东西，化为自身的新血液、新骨肉。以上说的目标、理解、方法三项是一致的。前一派希望受教育者成为工具，就不能不把他们认作空瓶子，要他们无条件地吞下若干东西。后一派希望受教育者成为人，自然要把他们当人看待，自然要把培养能力启发智慧作为教育的任务，自然要竭力使他们长成新血液、新骨肉。就受教育者的方面说，受前一派的教育是“为人”，有人需要一批工具，你是应命准备去做工具，不是“为人”是什么？受后一派的教育是“为己”，“古之学者为己”的“为己”，发展智能，一辈子真实受用，这种教育就是陶行知先生所说的“生活教育”。

在皇帝的时代，在法西斯的国家，当然推行前一派的教育。皇帝要人民做工具供养它，法西斯机构要人民做工具拥护它，势所必然把教育作为造成工具的手段；但是，皇帝早已推翻了，法西斯已经打垮了，在人民的世纪中，人人要做独立不倚的人，不比任何人卑微浅陋的人。就必须推行后一派的教育，如陶行知先生所说的“生活教育”。

放眼看我国当前的教育，无论认识方面、表现方面，都还脱不出前一派的窠臼。……所以陶行知先生一方面竭力提倡“生活教育”，一方面身任民主运动的先锋。担任教育工作的人多极了，人的聪明才智，一般说来是相去不远的，然而像陶行知先生那样提倡并且推行“生活教育”的有几人？像陶行知先生那样认清教育与其他事项关系，献身于民主运动的又有几人？安得陶行知先生的精神化而为千，化而为万，整个教育界的人都把陶行知先生作为楷模，使中国的教育一改旧观啊！

1946年11月23日

对鲁迅先生的怀念

遇到某一件事，记得以前也曾发生过，记得鲁迅先生对此说过话，就怀念起鲁迅先生来。这样的情形，在我是常有的。

举个例子。近几年来，中学生的语文程度差，使许多人感到忧虑。有人说，中学生的语文程度所以差，由于不读或者少读古文。他们还把鲁迅先生拉来作证，说鲁迅先生的文章写得那么好，不是由于他古文底子厚吗？被他们拉来作证的人还不少，其中也有我。我读过古文，教过古文，都不能抵赖，若说写文字，那么我为了摆脱古文的影响花过多少力气，可真没法细说。这种“要做好白话须读好古文”的论点，其实早已有过，并不是什么新创造。我想起鲁迅先生曾经批驳过这种论点，就请人帮我翻检出来，原来在《写在〈坟〉后面》里。鲁迅先生是这样说的：

新近看见一种上海出版的期刊，也说起要做好白话须读好古文，而举例为证的人名中，其一却是我。这实在

> 使我打了一个寒噤。别人我不论，若是自己，则曾经看过许多旧书，是的确的，为了教书，至今也还在看。因此耳濡目染，影响到所做的白话上，常不免流露出它的字句、体格来。但自己却正苦于背了这些古老的鬼魂，摆脱不开，时常感到一种使人气闷的沉重。

这里所说的“字句”和“体格”是指文字形式，“古老的鬼魂”是指思想内容。主张中学生读古文的人当然都会说：读古文是让学生效学古人的章法和词藻，并不要学生承受古人的思想。可是形式和内容怎么能截然分开呢？如果在效学形式的同时，把内容也一股脑儿承受下来了——让那些“古老的鬼魂”压在肩膀上还不觉得气闷的沉重，想不到有挺一挺脊梁摆脱它的必要，这不是更糟糕吗？

就是形式，鲁迅先生也不主张向古文学习。在同一篇文章里，他说：“以文字论，就不必更在旧书里讨生活，却将活人的唇舌作为源泉，使文章更加接近语言，更加有生气。”他认为自己的文章还须要改革。他说：“我以为我倘十分努力，大概也还能够博采口语，来改革我的文章。但因为懒而且忙，至今没有做。我常疑心这和读了古书很有些关系，因为我觉得古人写在书上的可恶思想，我的心里也常有，能否忽而奋勉，是毫无把握的。我常常诅咒我的这思想，也希望不再见于后来的青年。”鲁迅先生又这样不留情面地解剖自己，因为看到了自己的弱点而殷切地寄希望于青年。这种诚恳的态度实在使人感动。

鲁迅先生这篇文章写在五十四年前。在同时代的人中间，鲁迅先生的确比别人敏感。有许多事，别人才有一点儿朦胧的感觉，他已经想到了，并且想得比别人深。因而在遇到某一件事的时候——譬如在听见有人主张用读古文的办法来提高中学生的语文水平的时候，我又不免想起，要是鲁迅先生现在还活着，不知道他将说些什么。

1980 年 11 月 27 日

回忆瞿秋白先生

认识秋白先生大约在民国十一二年间，常在振铎兄的寓所里碰见。谈锋很健，方面很广，常有精辟的见解。我默默地坐在旁边听，领受新知异闻着实不少。他的身子不怎么好，瘦瘦的胳膊，细细的腰身，一望而知是肺病的样子。可是他似乎不甚措意这个。曾经到他顺泰里的寓所去过，看见桌上“拍勒托”跟白兰地的瓶子并排摆着，谈得有劲就斟一杯白兰地。

他离开了上海就没有再见着他，只从报上知道他的消息。后来他给《中学生》写过稿子，篇名现在记不起了，是从朋友手里辗转递来的，不知道他是不是秘密地住在上海。那稿子好像是斥责托洛斯基的。最后知道他被捕了，被杀了。直到今年碰见之华，之华告诉我秋白先生有一些材料，遗嘱说可以交给我，由我作小说。之华没有说明是什么样的材料，我也没有追问。我自己知道我作小说是不成的，先前胆大妄为，后来稍稍懂得其中的甘苦，就觉得见识跟功夫都够不上，再不敢胡乱欺人。因而听见有一些材料的话，也引不起姑且来试试的野心。

鲁迅先生编辑秋白先生的《海上述林》是大可令人感动的。搜辑，编排，校对，装帧，一丝不苟，事事躬亲，这中间贯彻着超过寻常友谊的崇高精神。朋友们分到一部，读了秋白先生的大部分述作，也感染了这种崇高精神。鲁迅先生写赠秋白先生的集句对联道："人生得一知己足矣，斯世当以同怀视之"。这副对联挂在许广平先生上海寓所的客室里。每一次抬头观玩，就觉得他们两位精心研讨，唯愿文化普及而且提高的情景如在目前，自然使人志愿奋发，不敢贪懒。——可惜我的一部《海上述林》在抗战期间给人拿走了。

《乱弹及其他》还是最近才借到的，翻过一下，没有细看，这中间谈到拼音文字的问题，写作上运用语言的问题。中国文字拉丁化的字母是秋白先生选定的。写作上运用的语言，在白话文运动当时没有详细研讨，大家各随其便，保持文言的语汇跟句式，仿效欧洲的语汇跟句式，只不过换上些"的了吗呢"，结果成了一种能看而不便说不便听的语言，跟文言一样。没有想到改革应该改换个源头，文言的源头在目。改换过来就得在口在耳，才能够切合当前的生活，表达现代的心声。到如今，不满意白话文的人多起来了，要写俗话，要写工农大众的语言。如果推究关心这个问题谁最早，就要数秋白先生了。

他的全集必须好好地编，分类要分得精密，排次要按时期先后，校对要像鲁迅先生那样认真，还要有翔实的传记或者年谱。

散文精读·叶圣陶>>

游记

记金华的两个岩洞

今年四月十四日，我在浙江金华，游北山的两个岩洞，双龙洞和冰壶洞。洞有三个，最高的一个叫朝真洞，洞中泉流跟冰壶、双龙上下相贯通，我因为足力不济，没有到。

出金华城大约五公里到罗甸。那里的农业社兼种花，种的是茉莉、白兰、珠兰之类，跟我们苏州虎丘一带相类，但是种花的规模不及虎丘大。又种佛手，那是虎丘所没有的。据说佛手要那里的土培植，要双龙泉水灌溉，才长得好，如果移到别处，结成的佛手就像拳头那么一个，没有长长的指头，不成其为“手”了。

过了罗甸就渐渐入山。公路盘曲而上，工人正在填石培土，为巩固路面加工。山上几乎开满映山红，比较盆栽的杜鹃，无论花朵和叶子，都显得特别有精神。油桐也正开花，这儿一丛，那儿一簇，很不少。我起初以为是梨花，后来认叶子，才知道不是。丛山之中有几脉，山上砂土作粉红色，在他处似乎没有见过。粉红色的山，各色的映山红，再加上或深或淡的新绿，眼前一片明艳。

一路迎着溪流。随着山势，溪流时而宽，时而窄，时而缓，时而急，溪声也时时变换调子。入山大约五公里就到双龙洞口，那溪流就是从洞里出来的。

在洞口抬头望，山相当高，突兀森郁，很有气势。洞口像桥洞似的作穹形，很宽。走进去，仿佛到了个大会堂，周围是石壁，头上是高高的石顶，在那里聚集一千或是八百人开个会，一定不觉得拥挤。泉水靠着洞口的右边往外流。这是外洞，因为那边还有个洞口，洞中光线明亮。

在外洞找泉水的来路，原来从靠左边的石壁下方的孔隙流出。虽说是孔隙，可也容得下一只小船进出。怎样小的小船呢？两个人并排仰卧，刚合适，再没法容第三个人，是这样小的小船。船两头都系着绳子，管理处的工友先进内洞，在里边拉绳子，船就进去，在外洞的工友拉另一头的绳子，船就出来。我怀着好奇的心情独个儿仰卧在小船里，遵照人家的嘱咐，自以为从后脑到肩背，到臀部，到脚跟，没一处不贴着船底了，才说一声“行了”，船就慢慢移动。眼前昏暗了，可是还能感觉左右和上方的山石似乎都在朝我挤压过来。我又感觉要是把头稍微抬起一点儿，准会撞破了额角，擦伤了鼻子。大约行了二三丈的水程吧（实在也说不准确），就登陆了，那就到了内洞。要不是工友提着汽油灯，内洞真是一团漆黑，什么都看不见。即使有了汽油灯，还只能照见小小的一搭地方，余外全是昏暗，不知道有多么宽广。工友以导游者的身份，高高举起汽油灯，逐一指点内洞的景物。首先当然是蜿蜒在洞顶的双龙，一条黄龙，一条青龙。我顺着他的指点看，有点儿像。其次是些石钟乳和石笋，这是什么，那是什么，大都依据形状想象成仙家、动物以及宫室、器用，名目有四十多。这是各处岩洞的通例，凡是岩洞都有相类的名目。我不感兴趣，虽然听了，一个也没有记住。

有岩洞的山大多是石灰岩。石灰岩经地下水长时期的浸蚀，形成岩洞。地下水含有碳酸，石灰岩是碳酸钙，碳酸钙遇着水里的碳酸，就成酸性碳酸钙。酸性碳酸钙是溶解于水的，这是岩洞形成的逐渐扩大的缘故。水渐渐干的时候，其中碳酸分解成水和二氧化碳气跑走，剩下的又是固体的碳酸钙。从洞顶下垂，凝成固体的，就是石钟乳，点滴积累，凝结在洞底的，就是石笋，道理是一样的。唯其如此，凝成的形状变化多端，再加上颜色各异，即使不比做什么什么，也就值得观赏。

在洞里走了一转，觉得内洞比外洞大得多，大概有十来进房子那么大。泉水靠着右边缓缓地流，声音轻轻的。上源在深黑的石洞里。

查《徐霞客游记》，霞客在崇祯九年（1636）十月初十日游三洞。郁达夫也到过，查他的游记，是一九三三年十一月十二日。达夫游记说内洞石壁上“唐宋人的题名石刻很多，我所见到的，以庆历四年的刻石为最古。……清人题壁，则自乾隆以后绝对没有了，盖因这里洞，自那时候起，为泥沙淤塞了的缘故”。达夫去的时候，北山才经整理，旧洞新辟。到现在又是二十多年了，最近北山再经整理，公路修起来了，休憩茶饭的所在布置起来了，外洞内洞收拾得干干净净。我去的那一天是星期日，游人很不少，工人、农民、干部、学生都有，外洞内洞闹哄哄的，要上小船得排队等候好一会儿。这种景象，莫说徐霞客，假如达夫还在人世，也一定会说二十年前决想不到。

我排队等候，又仰卧在小船里，出了洞。在外洞前边休息了一会儿，就往冰壶洞。根据刚才的经验，知道洞里潮湿，穿布鞋非但容易湿透，而且把不稳脚。我就买一双草鞋，套在布鞋上。

从双龙洞到冰壶洞有石级。平时没有锻炼，爬了三五十级就气呼呼的，两条腿一步重一步了，两旁的树木山石也无心看了。爬爬歇歇直到冰壶洞口，也没有数一共多少级，大概有三四百级吧。洞口不过小县城的城门那么大，进了洞就得往下走。沿着石壁凿成石级，一边架设木栏杆以防跌下去，跌下去可真不是玩儿的。工友提着汽油灯在前边指导，我留心脚下，踩稳一脚再挪动一脚，觉得往下走也不比向上爬轻松。

忽然听见水声了，再往下没有多少步，声音就非常大，好像整个洞里充满了轰轰的声音，真有逼人的气势，就看见一挂瀑布从石隙吐出来，吐出来的地方石势突出，所以瀑布全部悬空，上狭下宽，高大约十丈。身在一个不知道多么大的岩洞里，凭汽油灯的光平视这飞珠溅玉的形象，耳朵里只听见它的轰轰，脸上手上一阵阵地沾着飞来的细水滴，这是平生从未经历的境界，当时的感受实在难以描述。

再往下走几十级，瀑布就在我们上头，要抬头看了。这时候看见一幅奇景，好像天蒙蒙亮的辰光正下急雨，千万支银箭直射而下，天边还留着几点残星。这个比拟是工友说给我听的，听了他说的，抬头看瀑布，越看越有意味。这个比拟比较把石钟乳比做狮子和象之类，意境高得多了。

在那个位置上仰望，瀑布正承着洞口射进来的光，所以不须照灯，通体雪亮，所谓残星，其实是白色石钟乳的反光。

这个瀑布不像一般瀑布，底下没有潭，落到洞底就成伏流，是双龙洞泉水的上源。

现在把徐霞客记冰壶洞的文句抄在这里，以供参证。“洞门仰如张吻。先投杖垂炬而下，滚滚不见其底。乃攀隙倚空入。忽闻水声轰轰，秉炬从之，则洞之中央，一瀑从空下坠，冰花玉屑，从黑暗处耀成洁彩。水穴石中，莫稔所去。乃依炬四穷，其深陷逾朝真，而屈曲少逊。”

1957年10月25日

记游洞庭西山

四月二十三日，我从上海回苏州，王剑三兄要到苏州玩儿，和我同走。苏州实在很少可以玩儿的地方，有些地方他前一回到苏州已经去过了，我只陪他看了可园，沧浪亭，文庙，植园以及顾家的怡园，又在吴苑吃了茶，因为他要尝尝苏州的趣味。二十五日，我们就离开苏州，往太湖中的洞庭西山。

洞庭西山周围一百二十里，山峰重叠。我们的目的地是南面沿湖的石公山。最近看到报上的广告，石公山开了旅馆，我们才决定到那里去。如果没有旅馆，又没有住在山上的熟人，那就食宿都成问题，洞庭西山是去不成的。

上午八点，我们出胥门，到苏福路长途汽车站候车，苏福路从苏州到光福，是商办的，现在还没有全线通车，只能到木渎。八点三刻，汽车到站，开行半点钟就到了木渎，票价两毛。经过了市街，开往洞庭东山的裕商小汽轮正将开行，我们买西山镇夏乡的票，每张五毛。轮行半点钟出胥口，进太湖。以前在无锡鼋头渚，在邓尉还元阁，只是望望太湖罢了，现在可亲身在太湖的波面，左右看望，混黄的湖波似乎尽量在那里涨起来，远处水接着天，间或界着一线的远岸或是断断续续的远树。晴光照着远近的岛屿，淡蓝，深翠，嫩绿，色彩不一，眼界中就不觉得单调，寂寞。

十二点一刻到达西山镇夏乡，我们跟着一批西山人登岸。这里有码头，不像先前经过的站头，登岸得用船摆渡。码头上有人力车，我们不认识去石公山的路，就坐上人力车，每辆六毛。和车夫闲谈，才知道西山只有十辆人力车，一般人往来难得坐的。车在山径中前进，两旁尽是桑树茶树和果木，满眼的苍翠，不常遇见行人，真像到了世外。果木是柿、橘、梅、杨梅、枇杷。梅花开的时候，这里该比邓尉还要出色。杨梅干枝高大，屈伸有姿态，最多画意。下了几回车，翻过了几座不很高的岭，路就围在山腰间，我们差不多可以抚摸左边山坡上那些树木的顶枝。树木以外就是湖面，行到枝叶茂密的地方，湖面给遮没了，但是一会儿又露出来了。

十二点三刻，我们到了石公饭店。这是节烈祠的房子，五间带厢房，我们选定靠西的一间地板房，有三张床铺，价两元。节烈祠供奉全西山的节烈妇女，门前一座很大的石牌坊，密密麻麻刻着她们的姓氏。隔壁石公寺，石公山归该寺管领。除开一祠一寺，石公山再没有房屋，唯有树木和山石而已。这里的山石特别玲珑，从前人有评石三字诀叫做“皱，瘦，透”，用来品评这里的山石，大部分可以适用。人家园林中有了几块太湖石，游人就徘徊不忍去，这里却满山的太湖石，而且是生着根的，而且有高和宽都达几十丈的，真可以称大观了。

饭店里只有我们两个客，饭菜没有预备，仅能做一碗开洋蛋汤。一会儿茶房高兴地跑来说，从渔人手里买到了一尾鲫鱼，而且晚饭的菜也有了，一小篮活虾，一尾很大的鲫鱼。问可有酒，有的。本山自制，也叫竹叶青。打一斤来尝尝，味道很清，只嫌薄些。

吃罢午饭，我们出饭店，向左边走，大约百步，到夕光洞。洞中有倒挂的大石，俗名倒挂塔。洞左右壁上刻着明朝人王鏊所写的寿字，笔力雄健。再走百多步，石壁绵延很宽广，题着“联云嶂”三个篆字。高头又有“缥缈云联”四字，清道光间人罗绮的手笔。从这里向下到岸滩，大石平铺，湖波激荡，发出汩汩的声音。对面青青的一带是洞庭东山，看来似乎不很远，但是相距十八里呢。这里叫做明月浦，月明的时候来这里坐坐，确是不错。我们照了相，回到山上，从所谓一线天的裂缝中爬到山顶。转向南往下走，到来鹤亭。下望节烈祠和石公寺的房屋，整齐，小巧，好像展览会中的建筑模型。再往下有翠屏轩。出石公寺向右，经过节烈祠门首，到归云洞。洞中供奉山石雕成的观音像，比人高两尺光景，气度很不坏，可惜装了金，看不出雕凿的手法。石公全山面积一百八十多亩，高七十多丈，不过一座小山罢了，可是山石好，树木多，就见得丘壑幽深，引人入胜。

回饭店休息了一会儿，我们雇一条渔船，看石公南岸的滩面。滩石下面都有空隙，波涛冲进去，作鸿洞的声响，大约和石钟山同一道理。渔人问还想到哪里去，我们指着南面的三山说，如果来得及回来，我们想到那边去。渔人于是张起风帆来。横风，船身向右侧，船舷下水声哗哗哗。不到四十分钟，就到了三山的岸滩。那里很少大石，全是磨洗得没了棱角的碎石片。据说山上很有些殷实的人家。他们备有枪械自卫，子弹埋在岸滩的芦苇丛中，临时取用，只他们自己有数。我们因为时间已晚，来不及到乡村里去，只在岸滩照了几张照片，就迎着落日回船。一个带着三弦的算命先生要往西山去，请求附载，我们答应了。这时候太阳已近地平线，黄水染上淡红，使人起苍茫之感。湖面渐渐升起烟雾，风力比先前有劲，也是横风，船身向左侧，船舷下水声哗哗哗，更见爽利。渔人没事，请算命先生给他的两个男孩子算命。听说两个都生了根，大的一个还有贵人星助命，渔人夫妻两个安慰地笑了。船到石公山，天已全黑。坐船共三小时，付钱一块二毛。饭店里特地为我们点了汽油灯，喝竹叶青。吃鲫鱼和虾仁，还有咸芥菜，味道和白马湖出品不相上下。九时熄灯就寝。听湖上波涛声，好似风过松林，不久就入梦。

二十六日早上六时起身。东南风很大，出门望湖面，皱而暗，随处涌起白浪花。吃过早餐，昨天约定的人力车来了，就离开饭店，食宿小账共计六块多钱。沿昨天来此的原路，我们向镇夏乡而去。淡淡的阳光渐渐透出来，风吹树木，满眼是舞动的新绿。路旁遇见采茶妇女，身上各挂一只篾篓，满盛采来的茶芽。据说这是今年第二回采摘，一年里头，不过采摘四五回罢了。在镇夏乡寄了信，走了多路，到林屋洞，洞口题“天下第九洞天”六个大字。据说这个洞像房屋那样有三进，第一进人可以直立，第二三进比较低，须得屈身而行。再往里去，直通到湖广。凡有山洞处，往往有类似的传说，当然不足凭信。再走四五里，到成金煤矿，遇见一个姓周的工头，峄县人，和剑三是大同乡，承他告诉我们煤矿的大概。这煤矿本来用土法开采，所出烟煤质地很好，运到近处去销售，每吨价六七块钱，比远来的煤便宜得多。现在这个矿归利民矿业公司经营，占地一万七千亩。目前正在开凿两口井，一口深十七丈，又一口深三十丈，彼此相通。一个月以后开凿成功，就可以用机器采煤了。他又说，西山上除开这里，矿产还很多呢。他四十三岁，和我同年，跑过许多地方，干了二十来年的煤矿，没上过矿业学校，全凭实际得来的经验。谈吐很爽直，见剑三是同乡，殷勤的情意流露在眉目间。剑三给他照了个相，让他站在他亲自开凿的井旁边。回到镇夏乡正十一点。付人力车价，每辆一块二毛半。在面馆吃了面，买了本山的碧螺春茶叶，上小茶楼喝了两杯茶，向附近的山径散步了一会儿，这才挨到午后两点半。裕商小汽轮靠着码头，我们冒着狂风钻进舱里，行到湖心，颠簸摇荡，仿佛在海洋里。全船的客人不由得闭目垂头，现出困乏的神态。

1936年

谈成都的树木

前年春间，曾经在新西门附近登城，向东眺望。少城一带的树木真繁茂，说得过分些，几乎是房子藏在树丛里，不是树木栽在各家的院子里。山茶、玉兰、碧桃、海棠，各种的花显出各种的光彩，成片成片深绿和浅绿的树叶子组合成锦绣。少陵诗道："东望少城花满烟，百花高楼更可怜。"少陵当时所见与现在差不多吧，我想。

登高眺望，固然是大观，站到院子里看，却往往觉得树木太繁密了，很有些人家的院子里接叶交柯，不留一点儿空隙，叫人想起严译《天演论》开头一篇里所说的："是离离者亦各尽天能，以自存种族而已，数亩之内，战事炽然，强者后亡，弱者先绝"，简直不像布置什么庭园。为花木的发荣滋长打算，似乎可以栽得疏散些。如果处在玩赏的观点，这样的繁密也大煞风景，应该改从疏散。大概种树栽花离不开绘画的观点。绘画不贵乎全幅填满了花花叶叶。画面花木的姿态的美，加上所留出的空隙的形象的美，才成一幅纯美的作品。满院子密密满满尽是花木，每一株的姿致都让它的朋友搅混了，显不出来，虽然满树的花光彩可爱，或者还有香气，可是就形象而言，那是毫无足观了。栽得疏散些，让粉墙或者回廊作为背景，在晴朗的阳光中，在澄彻的月光中，在朦胧的朝曦暮霭中，玩赏那形和影的美，趣味必然更多。

根据绘画的观点看，庭园的花木不如野间的老树。老树经历了悠久的岁月，所受自然的剪裁往往为专门园艺家所不及，有的竟可以说全无败笔。当春新绿茏葱，生意盎然，入秋枯叶半脱，意致萧爽，观玩之下，不但领略他的形象之美，更可以了悟若干人生境界。我在新西门外，住过两年，又常常往茶店子，从田野间来回，几株中意的老树已成熟朋友，看着吟味着，消解了我的独行的寂寞和疲劳。

说起剪裁，联想到街上的那些泡桐树。大概由于街两旁的人行道太窄，树干太贴近房屋的缘故，修剪的时候往往只顾保全屋面，不顾到损伤树的姿态，以致所有泡桐树大多很难看。还有金河街河两岸以及其他地方的柳树，修剪起来总是毫不容情，把去年所有的枝条全都锯掉，只剩下一个光光的拳头。我想，如果修剪的人稍稍有些画家的眼光，把可以留下的枝条留下，该会使市民多受若干分之一的美感陶冶吧。

少城公园的树木不算不多，可是除了高不可攀的楠木林，都受到随意随手的摧残。沿河的碧桃和芙蓉似乎一年不如一年了，民众教育馆一带的梅树，集成图书馆北面的十来株海棠，大多成了畸形，表示“任意攀折花木”依然是游人的习惯。虽然游人甚多，尤其是晴天，茶馆家家客满，可是看看那些“刑余”的花树以及乱生的灌木和草花，总感到进了个荒园似的。《牡丹亭·拾画》出的曲文道“早则是寒花绕砌，荒草成窠”。读着很有萧瑟之感，而少城公园给人的印象正相同。整顿少城公园要花钱，在财政困难的此刻未必有这么一笔闲钱。可是我想，除了花钱，还得有某种精神，如果没有某种精神，即使花了钱恐怕还是整顿不好的。

1945 年

我坐了木船

从重庆到汉口，我坐了木船。

木船危险，当然知道。一路上数不尽的滩，礁石随处都是。要出事，随时可以出。还有盗匪——实在是最可怜的同胞，他们种地没得吃，有力气没处出卖，当了兵经常饿肚子，没奈何只好出此下策。假如遇见了，把铺盖或者身上衣服带了去，也是异常难处的事儿。

但是，回转来想，从前没有轮船，没有飞机，历来走川江的人都坐木船。就是如今，上上下下的还有许多人在那里坐木船，如果统计起来，人数该比坐轮船坐飞机的多得多。人家可以坐，我就不能坐吗？我又不比人家高贵。至于危险，不考虑也罢。轮船飞机就不危险吗？安步当车似乎最稳妥了，可是人家屋檐边也可能掉下一片瓦来。要绝对避免危险就莫要做人。

要坐轮船坐飞机，自然也有办法。只要往各方去请托，找关系，或者干脆买张黑票。先说黑票，且不谈付出超过定额的钱，力有不及，心有不甘，单单一个“黑”字，就叫你不愿领教。“黑”字表示作弊，表示越出常轨，你买黑票，无异帮同作弊，赞助越出常轨。一个人既不能独个儿转移风气，也该在消极方面有所自守，帮同作弊，赞助越出常轨的事儿，总可以免了吧。——这自然是书生之见，不值通达的人一笑。

再说请托找关系，听人家说他们的经验，简直与谋差使一样的麻烦。在传达室恭候，在会客室恭候，幸而见了那要见的人，他听说你要设法买船票或飞机票，爱理不理地答复你说：“困难呢……下个星期再来打听吧……”于是你觉得好像有一线希望，又好像毫无把握，只得挨到下个星期再去。跑了不知多少回，总算有眉目了，又得往这一处签字，那一处盖章，看种种的脸色，候种种的传唤，为的是得一份充分的证据，可以去换一张票子。票子到手，身份可改变了，什么机关的部署，什么长的秘书，什么人的本人或是父亲，或者姓名仍旧，或者必须改名换姓，总之要与你自己暂时脱离关系。最有味的是冒充什么部的士兵，非但改名换姓，还得穿上灰布棉军服，腰间束一条皮带。我听了这些，就死了请托找关系的念头。即使饿得要死，也不定要去奉承颜色谋差使，为了一张票子去求教人家，不说我自己犯不着，人家也太费心了。重庆的路又那么难走，公共汽车站排队往往等上一个半个钟头，天天为了票子去奔跑实在吃不消。再说与自己暂时脱离关系，换上别人的身份，虽然人家不大爱惜名器，我可不愿滥用那些名器。我不是部属，不是秘书，不是某人，不是某人的父亲，我是我。我毫无成就，样样不长进，我可不愿与任何人易地而处，无论长期或是暂时。为了跑一趟路，必须易地而处，在我总觉得像被剥夺了什么似的。至于穿灰布棉军服更为难了，为了跑一趟路才穿上那套衣服，岂不亵渎了那套衣服？亵渎的人固然不少，我可总觉不忍。——这一套又是书生之见。

抱着书生之见，我决定坐木船。木船比不上轮船。更比不上飞机，千真万确。可是绝对不用请托，绝对不用找关系，也无所谓黑票。你要船，找运输行。或者自己到码头上去找。找着了，言明价钱，多少钱坐到汉口，每一块钱花得明明白白。在这一点上，我觉得木船好极了，我可以不说一句讨情的话，不看一副难看的嘴脸，堂堂正正凭我的身份东归。这是大多数坐轮船坐飞机的朋友办不到的，我可有这种骄傲。

决定了之后，有两位朋友特地来劝阻。一位从李家沱，一位从柏溪，不怕水程跋涉，为的是关爱我，瞧得起我。他们说了种种理由，设想了种种可能的障碍，结末说，还是再考虑一下的好。我真感激他们，当然不敢说不必再考虑，只好带玩笑的说“吉人天相”，安慰他们的激动的心情。现在，他们接到我平安到达的消息了，他们也真的安慰了。

1946年4月7日

苏州园林

苏州园林据说有一百多处，我到过的不过十多处。其他地方的园林我也到过一些。倘若要我说说总的印象，我觉得苏州园林是我国各地园林的样本，各地园林或多或少都受到苏州园林的影响。因此，谁如果要鉴赏我国的园林，苏州园林就不该错过。

设计者和匠师们因地制宜，自出心裁，修建成功的园林当然各个不同。可是苏州各个园林在不同之中有个共同点，似乎设计者和匠师们一致追求的是：务必使游览者无论站在哪个点上，眼前总是一幅完美的图画。为了达到这个目的，他们讲究亭台轩榭的布局，讲究假山池沼的配合，讲究花草树木的映衬，讲究近景远景的层次。总之，一切都要为构成完美的图画而存在，决不容许有欠美伤美的败笔。他们惟愿游览者得到"如在画图中"的美感，而他们的成绩实现了他们的愿望，游览者来到园里，没有一个不心里想着口头说着"如在画图中"的。

我国的建筑，从古代的宫殿到近代的一般住房，绝大部分是对称的，左边怎么样，右边也怎么样。苏州园林可绝不讲究对称，好像故意避免似的。东边有了一个亭子或者一道回廊，西边决不会来一个同样的亭子或者一道同样的回廊。这是为什么？我想，用图画来比方，对称的建筑是图案画，不是美术画，而园林是美术画，美术画要求自然之趣，是不讲究对称的。

苏州园林里都有假山和池沼。假山的堆叠，可以说是一项艺术而不仅是技术。或者是重峦叠嶂，或者是几座小山配合着竹子花木，全在乎设计者和匠师们生平多阅历，胸中有丘壑，才能使游览者攀登的时候忘却苏州城市，只觉得身在山间。至于池沼，大多引用活水。有些园林池沼宽敞，就把池沼作为全园的中心，其他景物配合着布置。水面假如成河道模样，往往安排桥梁。假如安排两座以上的桥梁，那就一座一个样，决不雷同。池沼或河道的边沿很少砌齐整的石岸，总是高低屈曲任其自然。还在那儿布置几块玲珑的石头，或者种些花草：这也是为了取得从各个角度看都成一幅画的效果。池沼里养着金鱼或各色鲤鱼，夏秋季节荷花或睡莲开放，游览者看“鱼戏莲叶间”，又是入画的一景。

苏州园林栽种和修剪树木也着眼在画意。高树与低树俯仰生姿。落叶树与常绿树相间，花时不同的多种花树相间，这就一年四季不感到寂寞。没有修剪得像宝塔那样的松柏，没有阅兵式似的道旁树：因为依据中国画的审美观点看，这是不足取的。有几个园里有古老的藤萝，盘曲嶙峋的枝干就是一幅好画。开花的时候满眼的珠光宝气，使游览者感到无限的繁华和欢悦，可是没法说出来。

游览苏州园林必然会注意到花墙和廊子。有墙壁隔着，有廊子界着，层次多了，景致就见得深了。可是墙壁上有砖砌的各式镂空图案，廊子大多是两边无所依傍的，实际是隔而不隔，界而未界，因而更增加了景致的深度。有几个园林还在适当的位置装上一面大镜子，层次就更多了，几乎可以说把整个园林翻了一番。

游览者必然也不会忽略另外一点，就是苏州园林在每一个角落都注意图画美。阶砌旁边栽几丛书带草。墙上蔓延着爬山虎或者蔷薇木香。如果开窗正对着白色墙壁，太单调了，给补上几竿竹子或几棵芭蕉。诸如此类，无非要游览者即使就极小范围的局部看，也能得到美的享受。

苏州园林里的门和窗，图案设计和雕镂琢磨功夫都是工艺美术的上品。大致说来，那些门和窗尽量工细而决不庸俗，即使简朴而别具匠心。四扇，八扇，十二扇，综合起来看，谁都要赞叹这是高度的图案美。摄影家挺喜欢这些门和窗，他们斟酌着光和影，摄成称心满意的照片。

苏州园林与北京的园林不同，极少使用彩绘。梁和柱子以及门窗栏杆大多漆广漆，那是不刺眼的颜色。墙壁白色。有些室内墙壁下半截铺水磨方砖，淡灰色和白色对衬。屋瓦和檐漏一律淡灰色。这些颜色与草木的绿色配合，引起人们安静闲适的感觉。花开时节，更显得各种花明艳照眼。

可以说的当然不止以上这些，这里不再多写了。

从西安到兰州

十月三十一日下午二点四十分，火车从西安开，七点十多分到宝鸡。车程一百七十六公里。还没有快车，逢站都停。靠近西安和宝鸡的几站，乘客上下的多，车厢里坐得满满的。中间一段比较空，三个人的座位上有的只坐一个人。乘客里头农民居多。车上的广播室广播保藏红薯的方法，这是认定对象而又很适时的。

在咸阳和茂陵两站之间，北面耸起好些个大土堆，轮廓齐整。那是汉唐的陵墓，前些日子我们原想去看一看，可是没有去成。

南面远处是秦岭。始而终南山，既而太白山，还有好些个叫不出名儿的峰峦，一路上轮替送迎。那一天轻阴，梨树的红叶和留在枝头的红柿子都不怎么鲜明。秦岭的下半截让厚厚的白云封住。那白云的顶部那么齐平，好像用一支划线尺划过似的。韩昌黎的诗有“云横秦岭”的话，我们亲眼看见了，而且体会到那个“横”字下得实在贴切。露出在云上的峰峦或作淡青色，或作深青色，或只是那么浑然的一抹，或显出凹凸的纹理，看峰峦的远近高低而定。有些云上的峰峦又让白云截断，还有些简直没了顶。那些看得清凹凸的纹理的峰峦，山坳里有积雪。

从咸阳起，铁路始终跟渭河平行，渭河在铁路的南面。因为距离有远近，渭河有时看不见，有时看得见，渭河的水黄浊，看来跟黄河相仿。

就农事而言，铁路两旁的田野好像跟成都平原跟太湖流域都差不多。土色的黄是个显然不同之点，可是土质的肥沃恐怕不相上下。麦苗萌发了，这里那里一方方的嫩绿的绒毯。翠绿的葱绿的是各种蔬菜。林木时而稀时而密，跟方才提起的两个区域比起来，就只是绝对不见竹林，经常看见白杨树——茅盾先生所赞美的傲然挺立的白杨树。

出了宝鸡车站，人力车在新修的开阔的马路上慢慢地前进。两旁店铺灯光不太强，显得安静。马路旁的横路渐渐低下去，坡度不怎么大。心中突然发生一种感觉，仿佛到了四川省沿江的那些城市，虽是初到，很觉亲切。

十一月一日早晨上车站，九点四十分开车，第二天上午十一点到兰州。车程五百零三公里，宝鸡到天水一百五十四公里，天水到兰州三百四十九公里。

在这条路上，最显著的是山崖迫近了，火车尽在丛山间跑。不但在丛山间跑，许多地方还得穿过山跑——这就是说在隧道里跑。隧道多极了，长的短的也不知道有几百个。一会儿电灯亮了，窗外一无所见，轮轨相激的声音特别响亮，仿佛蒙在坛子里似的。一会儿出了隧道，又看见窗外的天光山色。可是才抽得两三口烟，又钻进前一个隧道里了。这样的情形并非少见。最长的是天兰铁路的第四十一号隧道，在关内，数它是第一大隧道。

渭河也迫近了。靠着车窗往往可以低头看水流，或急或缓，或窄或宽，沿河的冲积土上种着庄稼。河中有滩的地方，哗哗的水声也可以听见。渭河怎么样弯曲，铁路就跟着它弯曲。我们的车厢挂在后段，常常看见前面的机车和车厢拐弯，宛如夭矫的龙。

直到陇西，铁路才跟渭河分手，转向西北。陇西以东，铁路绝大部分在渭河北岸，少数几段移到南岸。这就得在渭河上架桥。可惜经过几座渭河大桥在夜间。后来借到《庆祝天兰铁路通车纪念画刊》来看，那几座大桥真配得上“雄姿”这个字眼。桥柱像罗马建筑的柱子那样，下面流着浩浩荡荡的渭河水，上面承着钢梁，简洁壮伟，显出现代工程的美。

不但渭河桥，铁路要跨过深谷也得架桥。那些桥往往是好几座钢塔架承着钢梁，另外一种壮观。至于中型的小型的桥梁，一眨眼间就开过的，说得笼统些，简直不知其数。

铁路既然在山间通过，就得把高低不平的山地凿成近乎水平的路堑，两旁削成斜壁，使土石不至于崩塌。好些斜壁还得加工，或者涂上水泥，或者砌上石片，筑成御土墙。有些地方筑个明洞来防御土石的崩塌。所谓明洞就是并不穿山而过的隧道，筑在山脚下，一壁贴着山，一壁显露在外，开些小穹洞，可以透光。

我们完全不懂铁路工程，照我们想，这条铁路有那么些个艰难的工程，该经过较长的年月才能完工，可是我们知道，从一九五〇年的五月到一九五二年的秋天，在不到两年半的时间内，天兰铁路就修成了，一九五二年的国庆前夕提前通车，同时又改善了陷于瘫痪状态的宝天铁路，使西北的大动脉畅通无阻。这是中国人民解放军的七万军工的功劳，这是不止一个民族的两万多民工的功劳，当然，毛主席和其他党政领导人的号召和指示，是工程迅速完成的最重要的因素。请听一听当时的《筑路歌》吧——“树要人来栽，路要人来开，人民天兰路，人民修起来！”唯有人民自己作了主人，彼此团结起来，发挥力量和智慧，什么高山大河都可以征服，要怎么办就怎么办。来睦铁路通车了，成渝铁路通车了，天兰铁路通车了，我们听见这些个消息，那时候的感情跟从前听见什么铁路修成了完全不一样。这一回初次经过宝天铁路和天兰铁路，我们更深切地分享到十万军工民工的成功的喜悦。

为什么说以前的宝天铁路陷于瘫痪状态呢？原来国民党反动政府修筑宝天铁路，工程是很草率的，曲线的半径极小，路基极狭窄，旁壁陡直，隧道大多没有加工衬砌，很多应修桥涵的地方没有修，修了桥涵的，孔径又不大，不能畅泄流水，因而线路常被崩塌的土石阻断，路基常被受阻的流水冲毁。当时名义上虽说通了车，实际上通车的日子很少。一九四九年将要解放的时候，主要桥梁又让蒋匪军给破坏了，于是全线陷于瘫痪状态，只是那么一条烂铁路，简直行不来车。解放以后，一面动手修筑天兰铁路，一面施工恢复宝天铁路，施工期间还是维持通车。弯曲太厉害的线路改了，路基放宽了，旁壁削斜了，该修的御土墙修起来了，隧道加上了衬砌，又加筑了好些个明洞和桥涵，孔径太小的桥涵也改大了，又吸取了苏联的先进经验，做了大规模的排水工程，种了树，种了草，用来保持水土。于是宝天铁路有了新生命，天兰铁路工程的供应运输有了可靠的保证。

据考古家的说法，这一带河谷两岸随着河谷的下降和黄土的冲积，形成台地，史前人类和现在的居民就住在那些台地上。台地可以分做五级。第五级台地高出现在的河面二百到五百公尺，到现在还没发现人类居住过的遗迹。下一级是第四级，那里有史前人类的墓葬。再往下是第三级和第二级，高出现在的河面二十到五十公尺，新石器时代的人类就住在那里，彩陶文化的遗迹非常丰富。第一级是现在的居民居住的地方，高出河面五到二十公尺不等，我们想象那些使用石器陶器的史前人类，他们大概只能沿着河谷活动，走那大家不约而同走出来的道路，而且不可能走得太远。河这一岸的人跟河那一岸的人彼此可以望见身影，可是，恐怕始终不能够聚在一块儿说句话吧。他们的时代距离现在不到五千年，就算它五千年吧，就整个人类历史说，五千年是很短的一会儿。可是现在亮得发青的钢轨横躺在山岭间河谷上了。起初是大家不约而同走出来的道路。随后是有意铺设的道路，可是行走还得凭人力，或者利用畜力。最后才有铁路，铁路把道路机械化了。这五千年的进步多大啊！此外，公路也是机械化的道路，公路上可以开汽车卡车。河里行了轮船，水路也机械化了。空中本来没有路，自从有了飞机，空中有路了，而且一开头就是机械化。各种机械化的道路掌握在人民手里，人民的物质生活和文化生活更将飞速地提高，那还待说吗？

说得稍稍远点儿了，再来说些所见的景物吧。

一路上两旁的山大都作黄色，少树木，垦成一鳞一鳞的梯田。可是宝鸡往西开头的几站间并不然。那里山上全是树木，同是绿色而浓淡深浅有差别。又搀杂着好些红叶，红叶又分鲜红和淡红。这就够好看的了。再说那些山。不懂地质学的人只好借用画家的皴法来说。那些山的皴法显然不同，这一座是大斧劈皴，那一座是小斧劈皴，这一座是披麻皴，那一座是荷叶筋皴……几乎可以一一指点。皴法不同的好些座山重叠在周围，远处又衬托着两三峰，全然不用皴法，只是那么淡淡的一抹。忽然想起这不跟长江三峡相仿吗，我们坐在火车里就像坐在江船里一样，峰回路转，景象刻刻变换，让你目不暇接。我把这个意思告诉我的同伴。我说，没有走过三峡的，看了这里的景象也就可以知道个大概。一位同伴脱口而出说："这个得拍电影！"是的，语言文字的确难以描写，唯有彩色活动电影才胜任愉快。

虽说山崖迫近，也有不少地段山崖退得远一些儿。这就是所谓第一级台地吧，全都平铺着各种农作物，当然也有树木和村屋。不用想得太远，至少从周秦时代起，古先的农民就在这里翻垦每一块土，他们的汗滴在每一块土里。前一辈过去了，后一辈接上去，无休无歇，直到如今。我们如今看见的那些平田以及山上一鳞一鳞的梯田，哪一处不留着历代农民改造自然的"手泽"？仔细想来，实在是伟大的事业。最近大家认明了总路线，知道农业要经过社会主义改造，不再像以前那样光靠"一手一足之烈"，要大伙儿合起来搞，要逐步机械化。预想改造完成的时候，农村经过飞跃的改变，景象必然跟如今大不相同，那是更伟大的事业了。

第二天早晨醒来，车正靠站，站名梁家坪，距离兰州只有十多站了。连绵的黄色的山，山顶大多平圆。村落里的房屋用黄土修筑的多，偶然看见用砖瓦的。除了地里的农作物和一些树木，就只见浑然一片的黄。可是将近兰州的时候，景象就不同了。显著的是树木多了，这里一丛，那里一丛，树叶还没有落，苍然成林，其中有拂着地面的垂柳。地里界划着发亮的小溪沟，沟水缓缓地流动。好些地里刚灌过，着潮的土色显得深些。那溪沟里的水是黄河水，用大水车引上来。兰州附近一带用水车引黄河水从明朝开始，据说是一位理学家段容思的儿子段续从西南方面学来的。现在有水车两百多架，每架可以灌五十亩到百把亩。

在兰州附近看见好些地里尽是小卵石或是黑色的小石片，平匀地铺在那里，像富春江的江底。我们不明白那是什么玩意儿，打听人家才知道那是兰州农作方面一种特殊的发明。原来兰州的土地干燥，又含着卤质，遇到旱天虽有沟水灌溉，还是嫌干燥，下过大雨卤质就升起来，都对农事不利。于是发明沙地的办法——把湿沙平匀地铺在地面，上面再铺一层小卵石或是小石片来保持它。在旱天，那沙地有减少蒸发保护幼苗的功用，大雨下过，雨水透过沙地渗到土里，卤质不至于升起来，因而水旱都可以不愁。这是很细致很烦劳的工夫，你想，田地多么大，沙和卵石石片就得铺多么大。可是农民为了生产，愿意下这个又细致又烦劳的工夫。据说铺一回沙可以支持三十年，过了三十年沙老了，必须去掉旧沙，换上新沙。

黄河又见面了，在铁路的北面。几个人在河岸边慢慢地走，各掮着个长方形的架子，比人身高，架子上是些胀鼓鼓的东西，看不太清楚。可是我们立刻想到那是羊皮筏。看，黄河上一个人蹲在羊皮筏上轻飘飘地浮过去了。羊皮筏闻名已久，现在才亲眼看见，心中涌起这一回非试它一下不可的想头。

看图表，兰州海拔一千五百公尺。路上经过的寒水岔金家庄两站最高，都在两千公尺以上。从宝鸡到寒水岔是一路往上爬。

1953年12月16日

在西安看的戏

住西安不满二十天，倒看了八回戏，易俗社两回，香玉剧社两回，尚友社、西北歌舞剧团、郧鄠剧团、皮影戏各一回。西安人看戏的兴致似乎很高，除了我们看过的几处以外，还有好些剧团，听说处处满座，票不容易买。多数人能够哼两句秦腔或河南梆子，广播也常常播秦腔和河南梆子，喇叭底下聚集着徘徊不忍去的听众。

西安的戏院可以说属于旧形式。长方形，直里比横里长。长条椅一排排地正摆，挤得比较紧。两旁边栏干以外也容纳观众，那是偏着身子站着看的，票价特别便宜。房屋不怎么讲究，有几座用席顶棚。易俗社舞台沿的上方仿敦煌壁画画两个大型的飞天，回身凌空，彩带飘拂，比随便画些图案好看多了。用飞天作舞台的装饰，在别处还没见过。

听说一九五四年要修一座戏院，当然是新式的，设计的时候一定会考虑到怎样让买便宜票的也有座位。

在易俗社看两回秦腔，一回是整本戏《游龟山》，一回是六个单出戏。戏都演得认真，排在前头的单出戏也没有从前戏院的习气，有气没力，敷敷衍衍，只顾陪着观众消磨时间。演员的地位和认识提高了固然有关系，另外的原因恐怕是观众老早到齐，一开场就坐得满满的，不像以前有些人那样直到末了儿一两出上场的时候才来，表示他们除了头牌的名角而外不屑一顾。既然有那么些人要看，而且是真心诚意地要看，就是戏排在前头，又怎么能草草了事？

小时候听秦腔，现在光记得贾碧云的《阴阳河》和《爽红梅阁》。贾碧云是京剧角色，带唱秦腔，当时很有些声名。只觉得那声音高亢极了，刺耳的胡琴和梆子之外就只是那么咿咿呀呀的，越顿越高，越顿越高，完全听不清唱些什么。不知道什么缘故，现在听秦腔不觉得那么高亢了，胡琴和梆子也不刺耳，演员唱得好，口齿清楚，我可以听懂七八成，唱得差的，也有三四成。

没有戏单，挂在两旁的黑板上写着白粉字——戏名和演员名，因而很难记住谁扮演谁。我光记住了一位女演员的名字，孟遏云，因为近旁的观众都在轻声屏气地说这个名字，她的演唱特别引人注意，还有我左手边一位老太太带着叹息的调子说她今晚来看戏就为看这个孟遏云。

外行人不能说内行话，况且唱歌是声音的事情，用语言来描摹很难见效，往往描摹了一大堆，人家还是捉摸不到什么，我也不预备描摹了。我只觉得孟遏云的声音有天分又有训练，训练达到了极端纯熟的境界，能够自由操纵，从心所欲，随时随地恰当地表达出剧中人的感情，因而她的唱有风格，有自己的东西，虽然别人唱起来，唱词和曲谱也全都是那么样。听她一句一句唱下去，你心中再不起旁的杂念，光受她的唱的支配。她的风格含着种种味道，领略那味道是一种愉快、一种享受，你唯恐错过了一丝半毫的愉快和享受，哪还有工夫想旁的？她的声音那么一转，一转之后又像游丝一样袅上去，你就默默点头，认为非那么一转袅上去不可。她把一个语音斩钉截铁地喷出来，才喷出来就划然煞住，你就咂咂嘴唇，认为惟有那样喷出来就煞住才恰到好处。这里所谓“认为”并非思唯活动，简直是不意识，不过耳朵里感觉顺适，心里感觉舒服罢了。我们看了好的书画、精美的雕刻，同样会感觉到那种顺适和舒服。凡是艺术作品，合乎规格，又不仅合乎规格，还有独自的风格、独自的味道的，都能叫人感觉到那种顺适和舒服。——我说了这么些话并没有传出孟遏云的唱的好处，这是没有办法的事，要领略好处怕只有用耳朵去听。我很想听听内行家的意见，不知道内行家对于孟遏云的唱怎么说。至于她的演技，我不再多说外行话了，总之，妥贴，老到，全身有戏，随时是戏。在《游龟山》里，她演江夏县的太太，又一回她演《探窑》里的王宝钏。《探窑》尤其酣畅淋漓。

常香玉的河南梆子，我看过她的《断桥》。她也有她的风格，能把感情充分地发挥。白娘娘的爱恋、怨恨、悲痛，听了她的唱似乎可以把实质给抓住。这回看了她的《花木兰》，印象当然也挺好。我的一位朋友发表他的“读后感”，他说《花木兰》的道白做工似乎过于京戏化了，减少了河南梆子的本色——某一剧种的某些本色应该保留还是改掉，该多保留还是少保留，是戏剧工作里值得讨究的题目。他又说花木兰胜利之后帐前独唱的时候如果有个舞蹈场面，戏也许更出色些。外行人不能下什么判断，愿意把朋友的意见记下来，供香玉剧社参考。

巧得很，在易俗社看了《拷红》，在香玉剧社也看了《拷红》。易俗社的《拷红》，饰红娘的是一位男角——很抱歉，没有记住他的姓名，一出场就看得出他是个守着旧典型的。所谓旧典型就是传统的规范，一举一动，一颦一笑，全有程式。可是他能不让程式拘住，把程式演活了，于是观众面前出现一个活泼伶俐随机应变的小红娘。我想，我国各种旧戏都有它的程式，凡是成功的演员都是把程式演活了的——不知道这样说是不是切当。香玉剧社的《拷红》，老夫人、莺莺、红娘、张生四个角色铢两悉称，彼此配合得挺紧凑，一个在那里唱呀说的，跟另外一个或几个息息相关。这一层不太容易做到。可是观众爱看的是整台的戏，不是一个角色演戏，另外一个或几个只在旁边坐一坐，站一站。为了满足观众的要求，演员当然应当尽力做到这一层。

没有戏剧源流的知识，不知道秦腔和河南梆子的关系怎么样。推想起来，该是近房兄弟吧。不然，为什么西安人喜爱南梆子那么强，只望香玉剧社老留在西安？再说，陕西跟河南接壤，一在关内，一在关外，地理上的关系也实在密切。据我想，这两种戏剧，还有其他几种地方戏，有个共通之点，就是唱句的音乐性很够味，可是听起来还是语言。音乐性够味，所以熟极的戏也愿意再去听一听，听那唱歌，听那演员的独自的风格——当然指有风格的而言。听起来还是语言，所以听歌唱同时领略戏的细微曲折，比较单就音乐方面听，感觉更见深切。在我国各种戏剧里头，音乐性够味可是听起来几乎不成语言的，该数昆曲里的南曲了——北曲好一些。固然，曲词多用文言词藻，造句又属诗词一路，那是不容易一听就明白的一个原因。可是，更重要的原因在每唱一个字袅呀袅呀地转折太多了，叫人家光听见一连串的工尺上四合。就是能唱的曲家，要是请他听一支生曲子，恐怕除了一连串的工尺上四合也领略不多吧。曲词明明是语言（诗词一路的语言），可是听起来只是一连串的工尺上四合，不成语言。在戏曲界“百花齐放，推陈出新”的今天，各种剧种都在那里发展呀改革的，情形热闹非凡，可是昆曲只有抱残守阙的份儿，道理也许就在这里。京戏旦角的某些唱段，我听起来也有一连串工尺上四合之感，就是说不知道说些什么，虽然觉得悦耳。我听秦腔和河南梆子就不然，一方面居然能欣赏唱的好处，另一方面又能听清它的语言，欣赏就包括戏剧的内容，不仅在音乐。凡有这个特征——

音尔性够味，可是听起来还是语言——的歌剧，我想，前途都是光明的、乐观的。什么根据呢？根据就在我能够接受，非但能够接受，还能够欣赏。而我呢，至少可以代表一大部分并不内行可是喜欢看戏的观众。

看了西北歌舞剧团的《小二黑结婚》，我就想到一部分新歌剧似乎还没有前边所说的特征，唱词配了音乐，当然不像话剧那样，句句跟实际生活里的语言一致，而那音乐，不知道什么缘故，又不像秦腔和河南梆子那样，能使有天分的演员唱成独自的风格。于是，就语言方面听，不如话剧干脆、爽利、有实感，就音乐方面听，不如秦腔、河南梆子的耐人寻味，经得起咀嚼。有些新歌剧，我们看过一回，知道有那么一回事就算了，再不想看第二回，原由恐怕在此，新歌剧正在成长的阶段，得从各方面努力，是不是该在争取我所说的特征上多注点儿意，希望戏剧界考虑。

现在谈皮影戏。我们看的全本《火焰驹》。皮影戏各个登场人物的唱词道白大部分由一个人担任，只有少数几处由另外一个人搭配。唱的什么调我不知道，似乎属于“说唱”一路。

那皮人、皮道具的雕刻工细极了，饰色鲜艳极了，陈列在民间艺术品展览会里准可以列入上选。一切全用繁复的线条画成，只有人物的面部很简单，几笔勾出了生旦净丑，当然也有繁复的花脸。生的袍服，旦的衣裙……全有图案花纹。一张桌子，一把椅子，也不厌其烦地尽量细雕，好像红木作里制成的精制品。小到一把扇子（要知道皮人只一尺来高，可以想象扇子多大了），并不剪成扇形就算，还要把它镂空，让扇面上有画。有几幅布景，那花丛全用工笔，那假山有宋元入画山石的意味，又古茂，又艳丽。

没看过皮影戏的也许不大明白那是怎么回事，现在大略说几句。可以拿傀儡戏作比方，傀儡戏是傀儡演戏，皮影戏是皮人演戏，举止行动同样由藏在背后的人操纵。不过皮人不像傀儡那样成个立体的形象，那是皮雕成的，只是一片，而且是侧影的一片，不朝左就朝右。后面亮着灯光，活动的皮人的影子映在垂直张挂的白布上，观众在白布前面就可以看戏了。

我们看戏看傀儡戏都在台前看，看正面。舞台有深度，因而有远近。元帅升帐，他的位置距离我们远些，帐前两旁站着四将，距离我们近些。看皮影戏可不然。我们虽然坐在白布前面，实际上等于坐在舞台侧边。只能看个侧面。无所谓远近，侧形的皮人全在一个平面上活动——一个平面就是那垂直张挂的白布。

看皮影戏得在意想中“除外”一些形象。换句话说，有些影子你得当作没看见。要让皮人的身躯跟四肢活动，不能不用几根细木签支使它，细木签的影子不能不映在白布上。要是不在意想中当作没看见那些细木签的影子，就觉得场面上的人物牵牵挂挂的，很不顺眼。还有，皮人本来朝左，一会儿要它朝右，这只有一个办法，把它翻转来。翻转来当然很快，真可以说“一刹那”，在“一刹那”间，侧面的人形成了稀奇古怪的形象。那稀奇古怪的形象也得“除外”，当作没看见，意想中只当它朝左的人物慢慢地转过身来朝右边。还有，皮影必须贴着白布，轮廓和线条才显得清楚，色彩才显得鲜明。可是，皮人究竟拿在人的手里，总不免有些时候离开白布些儿，于是轮廓和线条朦胧了，色彩模糊了。那时候你最好闭一闭眼睛养养神，待皮人贴着了白布再看下去。

这些全是特质的条件的限制，既然要让“只是一片”的皮人演戏，就没法超越这些限制。我们只要想一想，所有登场的皮人全都由一个人的两只手操纵，居然可以演出整本的戏，摹仿真人的活动相当到家，也就不会有什么苛求了。

一个唱的，一个操纵皮人的，三四个奏音乐的，大概五六个人就可以搞一个皮影戏的班子。这样地简单，旁的戏班子无论如何赶不上。跟傀儡戏比起来似乎差不多，可是皮人比傀儡轻巧多了。在无戏可看的地区，皮影戏靠它的简单，四出流动，满足群众的需要。现在戏剧的供应已经比较普遍，今后更将普遍，僻远的农村也可以看到话剧、歌剧。我想，在换换口味的意义之下，那时候皮影戏还会是群众所喜闻乐见的。

1954年1月4日

游临潼

那一天天气晴朗。上午九点过，我们出西安城往临潼。临潼是西安人游息的处所。逢到休假的日子，到那里去洗一个澡，爬一回山，眺望渭河和田野，精神舒快，回来做工作格外有劲儿。

经过浐河和灞河。浐河上跨着浐桥，灞河上跨着灞桥。灞河灞桥都有名。沛公入关，驻军灞上。唐朝人送出京东去的直送到灞桥，在那里设饯，折柳赠别，以灞桥为题材的送行诗也不知道有几多首。浐河比较小，灞河可宽大，虽然秋季水落，靠两边露出了沉沙，浩荡的气势还是很显然。桥是平铺的，一列的方桥墩，一个个的方桥洞，汽车、大车、行人都在桥上过。岸边有些柳树，并不是倒垂拂地的那一种，也许唐朝人所折的柳跟这个不同吧。

从灞桥柳树想起《紫钗记》传奇里的那出《折柳》。霍小玉就在这里送李益，情意缠绵，难舍难分，说灞桥“分明是一座销魂桥”。可是汤玉茗更改了《霍小玉传》的情节，让李益往河西参军，往河西怎么倒朝东走？这与其说是作者的小小疏忽，不如说他舍不得灞桥折柳的故事，定要拿来做他传奇的节目。反正像作画一样，花无正色鸟无名，只要取个意思就成，既是传奇里的动人场面，又何必核实方位，究东问西呢？

在右手边望见一座新建筑，矗起个又高又大的烟囱，形式简净明快，大玻璃窗一排上头又是一排。铁路的支线跟公路交叉，横过去直通到新建筑那里。那是西安第二发电厂，去年十一月间开的工，不到一年工夫，今年十月九日已经举行了庆祝落成发电的剪彩典礼。最新式的设计，最新式的机器，最先进的技术，机械化、自动化达到了很高的程度。厂里现有的设备全部开动起来，发电量等于西安第一发电厂的两倍。在今后的两三年内，西安、咸阳地区的工业生产用电和城市居民用电这就可以充分供应了。

两旁地里的小道上三三两两有人在走动，都汇合到公路上来。老汉衔着旱烟管。老太太带着小孙女儿，手里拄着拐杖，可是脚步挺软爽。壮年男子跑得热了，簇新的青布棉短褂搭在肩上。年轻妇女当然爱打扮，无论留发的剪发的都把头发梳得整整齐齐的，有些个留发的还在发髻旁边插朵菊花。他们大都有说有笑的，瞧那神气好像赴什么宴会。

不但汇合到公路上来的行人越来越多，看，大车也不少呢。一辆大车往往挤着一二十人，偏着身子，挨着肩膀，有些人两条腿挂在车沿，那么一颠一荡地按着韵律前进。骡子拉着重载本来跑得慢，又因出身在乡间，跟汽车还有些生分，见我们的汽车赶过去，它索性停了步。于是赶车的老乡下来遮住骡子的视线，我们的汽车也开得挺慢，那么轻轻悄悄地蹑过去。

打听之后才知道斜口逢集，这些人大都是赶集来的。我们停车去看看。经过一条小道，从一排房子的后面抄过去就是斜口。铺子前面一些摊子已经摆得端端正正了——卖东西的到得早。菜蔬，布匹，饮食，杂用零件，陈设跟一般市集差不多。需要东西的人这边看一看，那边挑些合用的什么，或者坐下来吃一碗泡馍，几乎可以说摩肩接踵，颇有一番热烘烘的景象。市梢头陈列着许多木柜子和门窗槅扇，全是木工的手制品。秋收差不多了，农民们添置个新柜子储藏家用东西，或者买些现成的门窗桶扇把房子刷新一下，这也是改善生活的要求，料想四年以前的市集该不会有这些东西吧。

十点半到临潼。并不进临潼县城，径到华清池。这一带树木比一路上繁茂，苍翠成林。仰望骊山不怎么高，可是有丘壑，有丘壑就有姿致，绿树红叶跟山石配合，俨然入画。从前唐明皇在这里修华清宫，周围起些公卿的邸宅，不致孤单寂寞，于是在华清池洗洗温泉澡，在长生殿跟杨玉环起个鹣鹣鲽鲽的恩爱誓。就享乐方面说，他可真是个老在行。

现在所谓华清池是个紧靠着骊山的花园布置。纯粹中国式，有假山、回廊、花栏、荷池、小桥，亭馆全用彩椽，当然，浴室也包括在里头。花栏里菊花、西番莲、美人蕉开得正有劲儿，还有些粉红的大型月季——这时候还开月季，可见地气之暖。荷池里只剩荷梗了，几只鸭悠然浮在池面。这池水是从温泉引过来的，因而想起“春江水暖鸭先知”的诗句。

我们不急于洗澡，先去爬山。目的在看西安事变那时候蒋介石躲藏的处所。从华清池右边上山。土坡缓缓地屈曲地往上延伸。路不算窄，大概可以并行两辆汽车，是新修的。路旁边栽些槐树。将近半山腰才是比较陡的石级，登完石级就到“捉蒋亭”。亭子后面朝石壁。亭子里正面上方题一段文字，叙述西安事变前后经过的大略情形。两三个老乡为游人指点蒋介石躲藏处，其说不一。一个说亭子后面那石壁稍微凹进去像个洞子，那夜晚蒋介石就像耗子似的躲在里头。一个说他还想往上逃，不知是光脚底跑破了还是挫伤了腰，再也跑不动，只好闪在右手边那块岩石的侧边。听起来总不离这一带石壁。为了掩饰蒋介石的丑，国民党反动派就在这里修个亭子，取名叫“正气亭”。正气，这是文天祥用来题他的诗歌的，反动派可窃取珍贵的珠花往癞子脑壳上插戴。单是这个冒用美名的罪名，他们就十恶不赦。不过反动派全惯于搞这一套，你看，帝国主义者不是总把他们那些个乌烟瘴气的国度叫作“自由世界”吗？解放以后，据实定名，亭子叫“捉蒋亭”，连同亭子里的那段文字，可以让游人知道个真情实况。

坐在捉蒋亭的台阶上休息。朝北望去，眼界宽阔极了。明蓝的晴空无边无际。渭河和它的支流界划着远处的平原，安安静静的。近处这里那里一丛丛的树林。地里差不多全种菜蔬，特别肥美，嫩绿浓绿都像起绒似的。通常说锦绣河山，这眼前的景物可真是一幅货真价实的锦绣。

下山吃过饭，在华清池旁边一家小茶馆前喝茶。帆布躺榻，矮矮的桌子，有成都茶馆的风味。茶馆老板是个爱说话的人，偶然问他几句，他就粘在那里舍不得走开。他指着半山腰的捉蒋亭，说当年捉住了蒋介石送西安，就在茶馆门前上的车——穿的单衫，一位弟兄好意，给他穿了件棉军衣。他说："蒋介石这副形容去西安，来的时候可神气呢。一路上两旁布岗位，比电线杆子密得多，上刺刀的枪横在腰间，脸全朝外，他在汽车里只看他们的后脑勺。地里做活的全都让他给赶回去，不问你的活放得下手放不下手。不用说，我们这些小铺子也非关门不可，你得做一天吃一天，那是你的事，他不管。"

摹仿了几声枪响之后，茶馆老板接着说："我想，他们准是开会谈不拢，闹翻了。亏得他们闹翻，我这小铺子才得救开门。要是他住在这里过个冬，我怎办？……后来他还来过一趟，照样布岗位，照样赶地里做活的回去，叫铺子关门。他穿一件长袍子，抬起尖下巴朝山上望了一会儿，不知道他想些什么。不多久汽车就开走了……"

茶馆附近有两个水果摊子，带卖菜蔬。曾听说临潼石榴有名，我们就买石榴。摆摊子问要酸的还是甜的。我们说当然要甜的。可是一问价钱，酸的贵一倍。什么道理呢？茶馆老板又有话说了。他说酸石榴什么病都治，妇道人家尤其爱吃。大概病人胃口不好，什么都没味，吃些酸东西倒有爽利的感觉，那是真的。说什么病都治，未免夸张过分了。至于多数妇女爱吃酸是实情，恐怕是生理的关系，不大清楚。我们反正不生病，还是买了甜的，确然甜。

摊子上还有苹果和柿子。柿子分两种。一种是大型的，朱红色，各地常见，一种是小型的，大红色，近似苏州的“金钵盂”和杭州的“火柿儿”。这种小型的柿子在西安市上见过，没注意，这回可注意了，因为联想到苏州的金钵盂。我从小不爱吃那朱红色的大型柿，生一些的，涩味巴着舌头固然难受，熟透了的，那甜味也怪腻，没有鲜洁之感。我只爱吃金钵盂。自从离开了苏州，经常遇见那些大型的，我从来不想拿一个来尝尝，可以说跟柿子绝缘了。现在看见这近似金钵盂的小型柿，不由得回忆起幼年的嗜好。捡一个熟透了的，轻轻地撕去表面那一层大红色的衣，露出朱红色的内皮，还是个柿子的形状，送到嘴里，甜得鲜洁，跟金钵盂一个样，而且没有硬核——金钵盂有硬核，或多或少。这种柿子是临潼的特产，名叫火柿，跟杭州相同。

临潼的菜蔬，白菜、花菜都好，韭黄尤其有名，在西安都吃过了。菜大都肥嫩，咀嚼起来没有骨子，很和润地咽下去。韭黄爽脆极了，咀嚼的时候起一种快感，汁水有些儿甜味，几乎没有那股臭气，吃过之后口齿间又绝不发腻。

茶馆的右手边就是公共浴池。温泉养成了临潼人勤洗澡的习惯，应该有公共浴池满足大众的需要。分男的和女的，都在屋子里，规定每天开闭的时间。我们去看男浴池。一股热气，比澡堂子里的大池子大。屋内光线不太强，可是看得清池水是清澈的。十来个近乎酱赤色的光身子泡在池水里，有几个只透出个脑袋。池沿上也有十来个人，正在擦呀抹的。

于是我们重入华清池。那一天不是星期日，等了大约一刻钟工夫就轮到我们洗澡了，据说星期日买了票等两三个钟头是常事。华清池内也有大池子，浴室分单人的、双人的，还有一间四个人的，美其名曰“贵妃池”。我和三位朋友挑了贵妃池。

池作长方形，周围全砌白瓷砖。一边一个台阶，没在水里，供洗澡的坐。不坐那台阶而坐在池底，水面齐脖子，四个人的手脚都可以自由舒展，不至于互相碰撞。水清极了，温度比福州的温泉和重庆的南温泉、北温泉似乎都高些（我只洗过这三处温泉），可是不嫌其烫。论洗澡是大池子好，你可以舒臂伸腿，转动身躯，让热水轻轻地摩擦你周身的皮肤，同时你享受一种游泳似的快感，在澡盆子里洗差多了，你只能直僵僵地躺在里头让热水泡着，两边紧紧地挨着，不免有些压迫之感。这贵妃池虽然不及大池子宽广，也尽够自由活动了。我们足足洗了三十分钟，轻松舒快，身上好像剥去了一层壳似的。起来之后倒茶壶里的水尝尝。那是煮过的温泉水，清淡，没有什么矿质的气味。

澡洗过了，到夜还有两点来钟，我们去看秦始皇墓。起先车顺着公路开，后来转入田地间的小道。一路上多的是柿子树，柿子承着斜阳显得更鲜明。没有二十分钟工夫就到了秦始皇墓下。那是个极大的土堆，据说地盘有四百亩，原先还要大得多。大略有些像金字塔，缓缓地斜上去，除了土面的草而外，什么也没有。骊山默默地衬托在背面。这一面山上红叶特别多，山容比华清池那边望见的似乎更好看。从墓顶往下望，平原上红柿子宛如秋夜的星星，洋洋大观。听说春天是一片桃花和杏花。

秦始皇墓让古来所谓"发冢"的发掘过好多回了，按《高祖本纪》的记载，项羽是头一个。他们的目的无非在盗些宝物。往后在研究古代文物的整个计划之下，这座陵墓该来一回科学的发掘。前些日子在西安的《群众日报》上看见一位先生的文章，说这一带农家常常捡到古砖，又掘到过埋在地下的古时的排水管，发现过还看得清形制的建筑结构，等等。猜想起来，发掘该不会一无所获，或许竟大有所获，使历史家、考古家高兴得不得了，互相庆幸又得到了可贵的新资料。当然，这只是外行人的想头，未必有价值。——再说句外行话，要是古代通行了火葬，不搞什么坟墓，现代的历史家、考古家至少要短少一大宗重要的凭借吧。

上了车，在小道上开行，忽听"哨"的一声，以为小石子打在钢板上，没有事。可是回头一看，小道上画了很长的一条，是乌绿的机油。车底盛机油的部分破了。于是停车，司机仰着身子钻到车底下去检查。站起来的时候是两泡眼泪，一只手尽拍前额，几乎哭出声来。小道中间高两边低，车底当然接近些地面，车轮子滚过，小石子当然要蹦起来，完全没有理由怪到他，可是爱护公共财物的观念叫他淌了眼泪。

大家说有什么哭的，想办法要紧。古普车的那司机说机油漏光了，花生油什么的可以代替，油箱的窟窿呢，塞一把土，拿布裹一裹，拴一下，就成了。——听那司机说办法，我立刻想起在巫山下经历的事。那一年冬天从重庆东归，飞机、轮船全没份，我们六十多人雇了两条木船。一天黄昏时分歇碚石，拢岸了，一条木船触着江边的石头，船侧边一个窟窿，饭碗那么大。那时候的惊慌情状不必细说，幸而没有事，只灌湿了好些箱笼书籍。你知道管船的怎么修补那穿了窟窿的破船？一大碗饭，拿块不知从哪里撕下来的布一裹，往窟窿里一塞，再钉上块木板，第二天早晨就照常开船了。急救治疗就有那么一手。

两个司机作急救治疗去了，我们跟几个农民商量油的事情。农民们说村里各家去问问，大家凑一些，不过要六七斤怕凑不齐。一会儿村干部也来了，问明白之后说："总得想办法，保证你们今夜晚回西安。"

太阳落下去了，道旁场上有个四十来岁的农民在收晒在那里的棉花，一大把一大把地往筐子里塞。我们跟他攀谈，不免问长问短，最后请他说说今昔的比较。他把手在筐子边上一按，似笑非笑地说："从前吗，搞出来的东西人家给拿走了，人还不得留在家里。现在搞出来的是自家的了，人也能安安心心地留在家里了。"

他这个话多么简括，说出了最主要的。在今年，他那"自家的"里头包括新盖的房子，新买的一头小牛——他那村子里有八家盖了新房子呢。真的事实，亲身的体会，什么道理都容易搞明白，搞得明白自然能够简括地扼要地说出来。在社会主义改造完成之后，就是这个农民，今天在这里一大把一大把往筐子里塞棉花的，他一定会说："从前吗，一家人勤勤恳恳地搞，可是搞不怎么多，比工人老大哥差得远。现在大伙儿合起来搞，比从前好多了，我们跟得上工人老大哥了！"

凑来的油灌好，汽车开动，已经七点多了。月亮还没升起来，车窗外的景物都成了剪影。老远就望见西安第二发电厂烟囱高头极亮的红灯，那是航空的安全设备。

登雁塔

雁塔在西安城外东南面。那天上午十点，我们出西安南门往雁塔，远远望见好些正在兴修的建筑工程，木头构成的工作架跟林木相映衬。听说这些全是文教机关的房屋，西安南郊将来是个文化区。没打听究竟是哪些文教机关，单知道其中有个体育运动场，面积七百多亩，有田径赛场、各种球场、风雨操场、滑冰场、游泳池，可以容纳观众十万人以上——规模够大了。

在以往历史上，有没有一个时期像今天这样在全国范围内搞基本建设的？且不说工矿方面的基本建设，单说机关、学校、公共场所的兴修，修成之后将在那里办理人民的公务，培养少年、青年乃至成一人，使他们具有堪以献身的精神体魄，像今天这样的情形在以往历史上有过没有？我不曾下工夫查考，可是我敢于断定不会有。我这个断定从以往社会的性质而来。那时候无非兴修些帝王的宫殿、公侯的第宅、贵介的别墅，或者地主富商修些房子自己住，租给人家收租钱，等于放高利贷，再就是勉强过得去的人家搭这么三间两间聊蔽风雨。除此而外，哪儿会有为了群众的利益招工动众，大规模地兴修房屋的？

这么想着，不觉雁塔早已在望。原地颇有高下，可是坡度极平缓，车行不感颠簸。不多久就到了雁塔所在的慈恩寺门前。

进门一望，只觉景象跟一般寺院不大一样。殿宇亭台不怎么宏大，空地特别宽广，又有栽得很整齐的林木、蒙络荫翳的灌木丛、略有丘壑之势的小土丘，树荫之下立着好些个埋葬僧人的小石塔，形制古朴有致。这就成个园林的布置，佛殿只是整个园林的一个组成部分，不像杭州的灵隐寺那样，一进门只见回廊、大殿、经院、僧房，虽然并不逼仄，总叫人感觉不太舒畅。多数寺院都属于灵隐寺一派，而这个慈恩寺仿佛一座园林，我说它跟一般寺院不大一样就在此。这寺院当然不是唐朝的旧观，可是眼前的这个布置尽够叫人满意了，何况单提慈恩寺这个名字就叫人发生历史的感情。这是玄奘法师翻译佛经的场所，寺里的雁塔是玄奘法师所倡修，玄奘法师那样艰苦卓绝地西行求法，那样绝对认真地搞翻译工作，永远是中国人的骄傲，永远是中国人的一种典范，谁信佛法谁不信佛法并没关系。

台阶两旁立着好些题名碑，题名的是明清两朝乡试中举的人。唐朝有新进士雁塔题名的故事，后代人似乎非摹仿一下不可，可是京城不在西安，新进士不会在西安会集，于是轮到新举人。写篇记，刻块碑，把名字附上，也算表示了他们的显荣和雅兴。看那些记文，说法都差不多。本来就是那么一回事，题材那么枯窘，有什么新鲜的意思好说的？我们不耐一一细看，我们登雁塔要紧。

雁塔在慈恩寺的后院。不知道实测究竟有多高，相传是三百尺，耸然立在那里。塔作方形，共七层，一层比一层缩进些，叫人起稳定之感。每层每面有个拱形的门框。最下一层的门框是进塔去的过道，东南西北四面都可以进去。从第二层起，四面门框全装栅栏，游人可以靠着栅栏眺望。我们从南面的拱门进去，走完过道，塔中心空无所有，只靠墙架着两架扶梯。扶梯作直角的曲折，几个曲折才到第二层。猜想所以架两架扶梯之故，一来是游人多的时候可以分散些，二来是最下一层地位宽，容得下两架扶梯，两架扶梯之外还大有回旋余地，你看，从第二层起就只一架扶梯了。

杜工部《同诸公登慈恩寺塔》诗中有“仰穿龙蛇窟，始出枝撑幽”的句子，写的正是从最下一层往上爬的印象。那里过道比较深，进去的光线不多，骤然走进去尤其觉得昏暗。于是杜老想象这么昏暗的所在该是龙蛇的窟穴吧。到了第二层，光线从四面而来，就觉得豁然开朗，出了“幽”境——“枝撑”指塔内的木材构筑。

第二层齐扶梯的顶铺地板，以上五层都一样。有了这地板，才可以走到拱门那里，爱望哪一面就往哪一面，又可以歇歇脚，透透气，再往上爬。要是没有这地板，扶梯接扶梯一直往上，且不说没法从从容容地眺望一番，开开眼界，就是从下朝上、从上朝下望望，那么一个又高又空的塔中心，那么些曲折不尽的扶梯，就够叫人目眩心惊腿软的了——地板稳定了游人的情绪，无论在哪一层，仿佛在一间楼房里似的。

同伴说我力弱，不必爬到第七层，爬这么两三层就可以了。我也想，如果要勉强而行——而且是过分地勉强，那当然不必。可是我升高一层歇一会儿，四面望望，再升高一层，虽然呼吸不怎么平静，心跳越来越强，两条腿越来越重，总还觉得支撑得下，没有什么大不了，结果我居然爬上了第七层。可以说是勉强而行，然而不是过分地勉强。在某些场合——比游览重要得多的场合，只要意志坚强，有时候连过分地勉强也有所不避，勉强让意志给克服了，也无所谓勉强了。

在最高一层四望，因为天气浓阴，空中浮着云气，只觉一片混茫，正如杜老诗中所说的“俯视但一气”，南面既望不见终南山，朝西北望，贴近的西安城市也不太清楚。至于杜老所说的“七星在北户，河汉声西流”，那根本是想象，并非他登塔当时的实景。我们未尝不可以作同样的想象，这么想象就好像我们自身扩大了，其大无外的宇宙也不见得怎么大似的。

一层一层下去当然比上来容易，可是每下一层也得歇一歇，免得头昏眼花。出了最下一层的拱门，我们坐在台阶上休息。坐不久又不免站起来看看，原来拱门内过道的石壁上全是刻字，起初挤在游人丛中急于登塔，竟不曾留意。刻的大多是诗篇，各体的诗，各体的书法，各个朝代的年号，还有各个风雅的题壁人的名字。这且不说，单说一点。后代的题壁人见壁上早已刻满，再没空地位，就把自己的文字刻在前代人的题壁上，你小字，我大字，你细笔画，我粗笔画，总之，抹杀你的，光有我的。这样强占豪夺的风雅，未免风雅过分了。

最下一层四面拱门的门楣上都有石刻画，我以为最值得细看。刻的是佛故事，人物和背景全用细线条阴刻。依我外行人的见解，细线条的画最见功夫，你必须在空白的幅面上找到最适当最美妙的每一条线条的位置，丝毫游移不得，你的手腕又必须恰好地描出每一条线条，丝毫差错不得，太弱太强也不成。所以画家必须先在心目中创造完美的形象，又有得心应手的熟练技巧，才能够画成细线条的好作品。最近故宫博物院布置绘画馆，在第一陈列室的正中间挂一小幅敦煌发现的唐朝人的佛像图，全用细线条，我看了很中意。现在这门楣上的石刻画，可以说跟绘画馆的那一幅同一格调、同一造诣。雁塔经过几次重修，连层数也有所改动，建筑材料当然有所更换，可是一般相信底层没大动，门楣石该是唐朝的原物，石上的图画该是唐朝人的手笔。这就无怪乎跟敦煌保藏的唐画相类了。据梁思成先生《敦煌壁画中所见的古代建筑》那篇文章，西面门楣上的画以佛殿为背景，精确地画出柱、枋、斗拱、台基、椽檐、屋瓦以及两侧的回廊，是极可珍贵的建筑史料，可以窥见盛唐时代的建筑规模。

南面拱门两旁各陈列一块褚遂良写的碑。石壁凹陷进去，砌成龛形，碑立在里面，前面装栅栏，使游人可望而不可即。一块是唐太宗所撰的《大唐三藏圣教之序》，一块是唐高宗所撰的《大唐三藏圣教序记》——这块碑从左往右一行一行地写，有些特别，用意在跟前一块碑对称，成为“合欢式”。褚遂良的书法不用说，单说那碑石经历了一千四百年，文字还很完整，笔画还有锋棱，可见石质之坚致。西安好些石碑大都如此，大概用的“青石出自蓝田山”的青石吧。向来玩碑的无非揣摩书法，考证故实，注意到碑额、碑趺和碑旁的装饰雕刻是比较后起的事情。其实好些古碑的装饰雕刻尽有好作品，大可供研究雕刻艺术的人观摩。就是这两块褚碑，两边的蔓草图案工整而不板滞，已经很够味了。碑趺的天人舞乐的浮雕尤其可爱。那是浮雕而超乎浮雕，有些部分竟是凌空的立体。雕刻不怎么工细，可是人物的姿态极其生动，舞带回环，仿佛在那里飘动似的。两碑雕的都是一个舞蹈的在中间，奏乐的分在两边（一块上是奏管乐，一块上是奏弦乐），两两对称，显出图案的意味。碑额雕的什么，可恨我的记忆力太差，记不起了，只好不说。

曲江池在慈恩寺东面不远。曲江池这个名字在唐朝人的诗里见得很多，其地既然近在眼前，我们应当去看看。

一路上陂陀起伏，车时而上行，时而下行——所谓黄土平原原不像操场、运动场那样平。在比较高的地点眺望，只见四面地势高起，环抱着一块低洼地，田亩而外就是树林，虽然时令在秋季，浓阴笼罩着茂密的林木，倒叫人发生阳春烟景的感觉。我们知道这就是所谓曲江池了。曲江池原是个人工池，水是浐河的水，唐玄宗开元年间引过来的。到唐朝末年，大概是通道阻塞了，池就干了，变为田亩。

在盛唐时代，这曲江池四围尽是公侯第宅，楼台亭榭大多临水，花柳相映，水光明澈，繁华景象可以想见。曲江池又是当时长安人游乐处所。逢到三月上巳、九月重阳，游人尤其多，不论贫富贵贱，大家要来应个景儿。池中荡着彩船，堤上挤着车马，做生意的陈列着四方货品，走江湖的表演着各种杂技，吹弹歌唱，玩球竞马，凡是享受取乐的玩意儿，在这里集了个大成。又因当时河西走廊畅通，文化交流极盛，形形色色都搀杂着异域的情调和色彩，更见得这里来凑个热闹可喜可乐。——照我猜想，当时情形大概跟《彼得大帝》影片里的某些场面相仿，逢到节日良辰，皇帝、贵族还肯跟庶民混在一块儿寻欢取乐，不摆出肃静回避、容我独享的臭架子。按封建时代说，这就很不错了。

至于现在，游了慈恩寺、登了雁塔的，多半要来曲江池走走，慈恩寺和曲江池自然联成个没有名称没有围墙的公园。这是个普通的星期日，而且天气阴沉，可是曲江池游人尽多。这边是一队少年先锋队在且行且唱，那边是一批工人在闲步眺望，机关里的男女干部，乡村里的小姑娘、老太太，结伴而来，兴致挺好，笑语嘻嘻哈哈的，脚步轻轻松松的。几年以来，大家已经养成习惯，工作的日子出劲工作，休假的日子认真玩乐。郊外既然有这么个好所在，谁不爱来走一走、乐一乐？一条马路正在修筑，从城里的解放路（东半边的南北干路）直通雁塔，城里人出来更方便了。一方面体育运动场也快完工。将来逢到四野花开的时节，春季晴朗的日子，或者运动会举行的期间，城里人必将倾城空巷而出，乡里人也必闹闹挤挤地出来享受他们的一份儿。这样的盛况是可以预想的。既有这新时代的盛况，封建时代的盛况也就没有什么可以留恋了。

曲江池附近有一道陷落五六丈的土沟，王宝钏的“寒窑”就在沟里。王宝钏原是“亡是公”“乌有先生”一流人物，她的“寒窑”当然在“无何有之乡”，可是偏有人要指实它，足见戏剧影响社会之深。舞台上既然演《别窑》和《探窑》，那“寒窑”怎能没有个实在地点？《宝莲灯》里有劈山救母的故事，就有人在华山上指明斧劈的处所（这是听人说的，并未亲见），理由也在此。我们走下土沟去看，原来是个小小的庙宇，中间供泥塑女像，上面挂“有求必应”的匾额，王宝钏成了神了。身份虽然改变，实际还是一样——神不是也属于“亡是公”“乌有先生”一流吗？庙宇实在没有什么可看，倒是庙门前的两棵白杨值得赏玩，又高又挺拔，气概非凡。回到原上看，那两棵白杨的上截高过原面一丈左右。

1953年

黄山三天

我游黄山只有三天，真用得上“窥豹一斑”那个成语。可是我还是要写这篇简略的游记，目的在劝人家去游。有心研究植物的可以去。我虽然说不清楚，可是知道植物种类一定很多。山高将近两千公尺，从下层到最高处该可以把植物分成几个主要的族类来研究。研究地质矿石的也可以去。谁要是喜欢爬山翻岭，锻炼体力和意志，那么黄山真是个理想的地方。那么多的山峰尽够你爬的，有几处相当险，需要你付出十二分的小心，满身的大汗。可是你也随时得到报酬，站在一个新的地点，先前见过的那些山峰又有新的姿态了。就说不为以上说的那些目的，光到那里去看看大自然，山啊，云啊，树木啊，流泉啊，也可以开开眼界，宽宽胸襟，未尝没有好处。

从杭州依杭徽公路到黄山大约三百公里。公共汽车可以到黄山南边脚下的汤口，小包车可以再上去一点儿，到温泉。温泉那里有旅馆。山上靠北边的狮子林那里也有旅馆。山上中部偏南的文殊院原来可以留宿，1952年烧毁了，现在就文殊院原址建筑旅馆，年内可以完工。住狮子林便于游黄山的北部和西部，住文殊院便于游中部，主要是天都峰和莲花峰。

上山下山的路上全都铺石级，宽的五六尺，窄的不到三尺。路在裸露的大石上通过，就凿石成级。大石面要是斜度大，凿成的石级就非常陡，旁边或者装一道石栏或者拦一条铁索。山泉时时渗出，石上潮湿，路旁边又往往是直下绝壁，这样的防备是必要的。

现在约略说一说我们所到的几处地方。写游记最难叫读者弄清楚位置和方向，前啊，后啊，左啊，右啊，说上一大堆，读者还是捉摸不定。我想把它说清楚，恐怕未必真能办到。我们所到的地点，温泉最南，狮子林最北，这两处几乎正直。我们走的东路，先到温泉东边的苦竹溪，在那里上山。一路取西北方向，好比是直角三角形的一条弦，经过九龙瀑、云谷寺，最后到狮子林住宿，那里的高度大约一千七百公尺。这段路据说是三十多里。第二天下了一天的雨，旅馆楼窗外一片白茫茫，什么都看不见。台阶前几棵松树，有时只显出朦胧的影子，有时也完全看不见。偶尔开门，雾气就卷进屋来。当然没法游览了，只好守在小楼上听雨。第三天放晴，我们登了狮子林背面的清凉台，又登了狮子林偏东南的始信峰，然后大体上向南走，到了光明顶。在这两三个钟点内，我们饱看了“云海”。有些游客在山上守了好几天，要看“云海”，终于没看成，怏怏而下。我们不存一定要看到的想头，却碰巧看到了。

在光明顶南望天都峰和莲花峰，天都在东，莲花在西，两峰之间就是文殊院。从前有人说天都最高，有人说莲花最高，据说最近实测，光明顶最高。那里正在建筑房屋，准备测量气象的人员在那里经常工作。我们绕过莲花峰的西半边到文殊院，又绕过天都峰的西南脚，一路而下，回到温泉。说绕过，可见这段路的方向时时改变，可是大体上还是向南。从狮子林曲折向南，回到温泉，据说也是三十多里。我们所到的只是黄山东半边靠南的部分，整个黄山究竟有多大，我没有参考什么图籍，说不上。

以下就前一节提到的分别记一点儿。

九龙瀑曲折而下，共九截，第二截最长。形式很有致，可惜瘦些。山泉大的时候，应该更可观。附带说一说人字瀑。人字瀑在温泉旅馆那儿。高处山泉流到大石壁的顶部，分为左右两道，沿着石壁的边缘泻下，约略像个人字。也嫌瘦，瘦了就减少了瀑布的意味。

云谷寺没有寺了，只留寺基。台阶前有一棵异萝松，说是树上长着两种不同形状的叶子。我们仔细察看，只见一枝上长着长圆形的小叶子，跟绝大部分的叶子不同。就绝大部分的叶子形状和翠绿色看来，那该是柏树，不知道为什么叫它松。年纪总有几百岁了。

清凉台和始信峰的顶部都是稍微向外突出的悬崖，下边是树木茂密的深壑。站脚处很窄，只能容七八个人，要不是有石栏杆，站在那儿不免要心慌。如果风力猛，恐怕也不容易站稳。文殊院前边的文殊台比较宽阔些，可是靠南突出的东西两块大石，顶部凿平，留着边缘作自然的栏杆，那地位更窄了，只能容两三个人。光明顶虽是黄山最高处，却比较开阔平坦，到那里就像在平地上走一样。

我们就在前边说的几处地方看“云海”。望出去全是云，大体上可以说铺平，可是分别开来看，这边荡漾着又细又缓的波纹，那边却涌起汹涌澎湃的浪头，千姿万态，尽够你作种种想象。所有的山全没在云底下，只有几座高峰露顶，作暗绿色，暗到几乎黑，那自然可以想象作海上的小岛。

在光明顶看天都峰和莲花峰，因为是平视，看得最清楚。就岩石的纹理看，用中国画的术语就是就岩石的皴法看，这两个峰显然不同。天都峰几乎全都是垂直线条，所有线条排得相当密，引起我们一种高耸挺拔的感觉。莲花峰的岩石大略成莲花瓣的形状，一瓣瓣堆叠得相当整齐，就整个峰看，我们想象到一朵初开的莲花。莲花峰这个名称不知道是谁给取的，居然形容得那么切当。

前边说我们绕过莲花峰的西半边到文殊院，这条路很不容易走。道上要经过鳌鱼背。鳌鱼背是巨大的岩石，中部高起，坡度相当大。凿在岩石上的石级又陡又窄，右手边望下去是绝壁。下了鳌鱼背穿过鳌鱼洞，那是个天然的洞，从前人修山路就从洞里通过去。出了洞还得爬上百步云梯，又是很陡很险的石级。这才到达文殊院。

从文殊院绕过天都峰的西南脚，这条路也不容易走。极窄的路介在石壁之间，石壁渗水，石级潮湿，立脚不稳就会滑倒。有几处石壁倾斜，跟对面的石壁构成个不完整的山洞，几乎碰着我们的头顶，我们就非弓着身子走不可。

走完了这段路，我们抬头望爬上天都峰的路，陡极了，大部分有铁链条作栏杆。我们本来不准备上去，望望也够了。据说将要到峰顶的时候有一段路叫鲫鱼背，那是很窄的一段山脊，只容一个人过，两边都没依傍，地势又那么高。心脏不强健的人是决不敢过的。一阵雾气浮过，顶峰完全显露，我们望见了鲫鱼背，那里也有铁链条。我想，既然有铁链条，大概我也能过去。

我们也没上莲花峰。听说登莲花峰顶要穿过几个洞，像穿过藕孔似的。山峰既然比做莲花，山洞自然联想到藕孔了。

现在说一说温泉。我到过的温泉不多，只有福州、重庆、临潼几处。那几处都有硫磺味。黄山的温泉却没有。就温度说，比那几处都高些，可也并不热得叫人不敢下去。池子里小石粒铺底，起沙滤作用，因而水经常澄清。坐在池子里的石块上，全身浸在水里，只露出个脑袋，伸伸胳膊，擦擦胸脯，温热的感觉遍布全身，舒畅极了。这个温泉的温度据说自然能调节，天热的时候凉些，天凉的时候热些。我想这或许是由于人的感觉，泉水的温度跟大气的温度相比，就见得凉些热些了。

这个猜想对不对，不敢断定。

我们在狮子林宿两宵，都盖两条被。听雨那一天留心看寒暑表，清早是华氏六十度，后来升到六十二度。那一天是八月二十九日。三十一日回到杭州，西湖边是八十六度。黄山上半部每年三月底四月初还可能下雪，十一月间就让冰雪封了。最适宜上去游览的当然是夏季。

1955年9月5日

小品

散文精读·叶圣陶 >>

揣　摩

一篇好作品，只读一遍未必能理解得透。要理解得透，必须多揣摩。读过一遍再读第二第三遍，自己提出些问题来自己解答，是有效办法之一。说有效，就是增进理解的意思。

空说不如举例。现在举鲁迅的《孔乙己》为例，因为这个短篇大家熟悉。

读罢《孔乙己》，就知道用的是第一人称写法。可是篇中的“我”是咸亨酒店的小伙计，并非鲁迅自己，咱们确切知道鲁迅幼年没当过酒店小伙计。这就可以提出个问题：鲁迅为什么要假托这个小伙计，让这个小伙计说孔乙己的故事呢？

用第一人称写法说孔乙己，篇中的“我”就是鲁迅自己，这样写未尝不可以，但是写成的小说会是另外一个样子，跟咱们读到的《孔乙己》不一样。大概鲁迅要用最简要的方法，把孔乙己活动的范围限制在酒店里，只从孔乙己到酒店里喝酒这件事上表现孔乙己。那么，能在篇中充当“我”的唯有在场的人。在场的人有孔乙己，有掌柜，有其他酒客，都可以充当篇中的“我”，但是都不合鲁迅的需要，因为他们都是被观察被描写的对象。对于这些对象，须有一个观察他们的人。于是假托一个在场的小伙计，让他来说孔乙己的故事。小伙计说的只限于他在酒店里的所见所闻，可是，如果咱们仔细揣摩，就能从其中得到不少东西。

连带想到的可能是如下的问题：幼年当过酒店小伙计的一个人，忽然说起二十多年前的故事来，是不是有点儿不自然呢？

仔细一看，鲁迅交代清楚了。原来小伙计专管温酒，觉得单调，觉得无聊，“只有孔乙己到店，才可以笑几声，所以至今还记得”。至今还记得，说给人家听听，那是很自然的。

从这儿又可以知道第一第二两节并非闲笔墨。既然是说当年在酒店里的所见所闻，当然要说一说酒店的大概情况，这就来了第一节。一个十几岁的孩子勉勉强强留在酒店里当小伙计，这也“侍候不了”，那也“干不了”，只好站在炉边温酒，他所感到的单调和无聊可以想见。因此，第二节就少不得。有了这第二节，又在第三节里说“掌柜是一副凶脸孔，主顾也没有好声气”，那么“只有孔乙己到店，才可以笑几声”的经历，自然深印脑筋，历久不忘了。

故事从“才可以笑几声”说起，以下一连串说到笑。孔乙己一到，“所有喝酒的人便都看着他笑”，“众人都哄笑起来，店内外充满了快活的空气”，说了两回。在这些时候，小伙计

“可以附和着笑”。掌柜像许多酒客一样，问孔乙己一些话，“引人发笑”。此外还有好几处说到笑，不再列举了。注意到这一点，就会提出这样的问题：这篇小说简直是用“笑”贯穿着的，取义何在呢？

小伙计因为“才可以笑几声”而记住孔乙己，自然用“笑”贯穿着他所说的故事，这是最容易想到的回答。但是不仅如此。

故事里被笑的是孔乙己一个人，其他的人全是笑孔乙己的。这不是表明孔乙己的存在只能作为供人取笑的对象吗？孔乙己有他的悲哀，有他的缺点，他竭力想跟小伙计搭话，他有跟别人交往的殷切愿望。所有在场的人可全不管这些，只是把孔乙己取笑一阵，取得无聊生涯中片刻的快活。这不是表明当时社会里人跟人的关系，冷漠无情到叫人窒息的地步吗？为什么会冷漠无情到这样地步，故事里并没点明，可是咱们从这一点想开去，不是可以想得很多吗？

第九节是这么一句话：“孔乙己是这样的使人快活，可是没有他，别人也便这么过”。这句话单独作一节搁在这儿，什么用意呢？

最先想到的回答大概是结束上文。上文说孔乙己到来使酒店里的人怎样怎样快活，这儿结束一下，就说他“是这样的使人快活”。这样回答当然没有错。但是说“可是没有他，别人也便这么过”，又是什么意思呢？这不是说孔乙己来不来，存在不存在，全跟别人没有什么关系吗？别人的生涯反正是无聊，孔乙己来了，把他取笑一阵，仿佛觉得快活，骨子里还是无聊；孔乙己不来，没有取笑的对象，也不过是个无聊罢了，这就叫“也便这么过”。“也便这么过”只五个字，却是全篇气氛的归结语，又妙在确然是小伙计的口吻。当年小伙计在酒店里，专管温酒的无聊职务，不是“也便这么过”吗？

还有不少问题可以提出，现在写一些在这儿。

第一节说酒店的大概情况，点明短衣帮在哪儿喝，穿长衫的在哪儿喝，跟下文哪一处有密切的联系呢？

开始说孔乙己的形象，用“身材很高大；青白脸色，皱纹间时常夹些伤痕；一部乱蓬蓬的花白的胡子”这些话是仅仅交代形象呢，还是在交代形象之外，还含有旁的意思要咱们自己领会？

为什么“孔乙己一到店，所有喝酒的人便都看着他笑”呢？

孔乙己说的话，别人说的话，都非常简短。他们说这些简短的话的当时，动机是什么，情绪是怎样呢？

孔乙己的话里有“污人清白”，“窃书”，“君子固穷”，“多乎哉？不多也”之类的文言。这除了照实摹写孔乙己的口吻之外，有没有旁的作用呢？

孔乙己到店时候的情形，有泛叙，有特叙，泛叙叙经常的情形，特叙叙某一天的情形。如果着眼在这一点上，是不是可以看出分别用泛叙和特叙的作用呢？

掌柜看孔乙己的账，一次是中秋，一次是年关，一次是第二年的端午，为什么呢？

诸如此类的问题，几乎是提不尽的。

几个人读同一篇作品，各自提出些问题，决不会个个相同。但是可能个个都有价值，足以增进理解。

理解一篇作品，当然着重在它的主要意思。但是主要意思是靠全篇的各个部分烘托出来的，所以各个部分全都不能轻轻放过。体会各个部分，总要不离作品的主要意思。提出来的必须是合情合理的值得揣摩的问题。要是硬找些不相干的问题来抠，那就没有意义了。

1959年12月30日

诗的源泉

当“诗人”这两个音给我听到、“诗人”这两个字给我看见的时候，我总感觉不大自然，或者说于耳于目不大顺适。这或者是由于我的偏见。我以为“诗人”指的是一种特异的人，并且有把这种特异的人与一般大众区别开来的意思。人家或者说，“我们发出这两个音，写出这两个字，本意就是这样。”但是我感到不自然，不顺适。

人家又常说“作诗”或是“写诗”，一样地足以立刻引起我的那种感觉。有些人时刻在那里搜寻和期待，他们的经心比猎人猎取野兽的还要加胜，这也使我代他们感到彷徨不安。他们看这个“作”或“写”好像也是生活中不可或缺的一件事，正如吃饭和做工。在一定的时间内没有新的诗篇产出，就觉得异样地不安宁，正如饥饿和闲散无聊的时候所感受的。

我的意思浅薄而固执，我认为“诗人”这个名字和“农人”“工人”不一样，不配成立而用来指一种特异的人。世间没有除了“作诗”“写诗”以外就无所事事的，仅仅名为一个

“诗人”的人。“作诗”或“写诗”也和“吃饭”“做工”不同，不是生活中不可或缺的事，不做就有感到缺少了什么的想念。换一句说，这算不得一回事。

我并非看轻“诗人”，鄙薄到不愿意用这个名字来称呼谁；也不是厌恶“作诗”或“写诗”，说无论如何我们不该这么做。我只不愿意我们做一个被特异称呼的“诗人”，不愿意我们比猎人猎取野兽更经心地“作诗”或“写诗”。

诗是什么的问题，很惭愧不能明确地解答出来。但是也可以作护短的说辞：即解答出来了，于诗的世界又有什么益处？

还是回过来探索诗的泉源吧。假若没有所谓人类，没有人类这么生活着，就没有诗这种东西。这是一句幼稚可笑的话，聪明的人或者要冷笑着说：“何止是诗？哪一件人事不是这个样子？”固然，一切人事都是这个样子，都因为人类这么生活着所以才有。生活是一切的泉源，也就是诗的泉源。所以说到诗就要说到生活——并不为要达到作诗的目的才说到生活。我们生而为人，怎能不说到生活呢？

两个不同的形容词加到生活上去，表示出生活的相反的两端的，通用的是“空虚”和“充实”。判定生活的属于哪一端，由于各人的内观，而旁人为客观的观察，往往难得其真。我们常常欢喜代人家设想，说这个人的生活何等空虚，那个人的生活何等不充实。其实所谓这个人和那个人未必感到这等的缺憾，所以不一定同我们一样设想。现在欲避免这一层错误，只得就我们内观所得的来说。

听说佛宗有所谓“禅定”的一个法门，不声不见，不虑不思，用来注释空虚的生活或者是最适切的了。我们虽不讲什么禅定，却有时也入于相类的境界。不事工作，也不涉烦闷，不欣外物，也不动内情，一切只是淡漠和疏远，统可加上一个消极的“不”字。好的生活和坏的生活都是积极的，唯有这“一切不”的生活是异样地空虚。但是我们确有时过这一种生活，或者延绵下去，至于终身。

反过来说，另一种生活就是“不一切不”的。有工作则不绝地工作，倦于工作则深切地烦闷，强烈地颓废；对美善则热跃地欣赏赞美，对丑恶则悲悯地诅咒怜念；情感有所倾注，思虑有所系属；总之，一切都深浓和亲密。无论这是好的生活，足以欣喜恋慕的；或是坏的生活，足以悲伤厌弃的，但本身内观的当儿总觉得这生活的丰富和繁茂。明白地说，就是觉得里面包含着许多东西，好像一个饱满的袋子。这就是所谓充实的生活。

现在说到诗。空虚的生活是个干涸的泉源，也可说不成泉源，哪里会流出诗的泉来？因为它虽名为生活，而顺着它的消极的倾向，几乎退入于不生活了。唯有充实的生活是汩汩无尽的泉源。有了源，就有泉水了。所以充实的生活就是诗。这不只是写在纸面上的有字迹可见的诗啊。当然，写在纸面就是有字迹可见的诗。写出与不写出原没有什么紧要的关系，总之生活充实就是诗了。我尝这么妄想：一个耕田的农妇或是一个悲苦的矿工的生活比一个绅士先生的或者充实得多，因而诗的泉源也比较的丰富。我又想，这或者不是妄想吧。

我们将以“诗人”两字加到哪一类人的身上去呢？若说凡是生活充实的人便是诗人，似乎有点奇怪；或者专以称呼曾经写出些诗来的人，又觉得不妥。固然，有些人从充实的生活的泉源里疏引些泉水，写出些诗篇来。这不过是他们高兴这样做，有写作的冲动，别的人只是没有这种冲动罢了。只将“诗人”称呼他们，对于同他们一样地具有充实的生活的人又将怎样呢？

由高兴和冲动所引出的事似乎与生活中不可或缺的事有点区别。我们由于高兴而去游山，或者由于冲动而长啸一声，不能说游山和长啸就是不可或缺的事。我们若是具有充实的生活，可以不用经心，问什么要不要从那里疏引些泉水出来。忽然高兴，忽然冲动，就写出些字迹，成为纸面的诗篇。一辈子不高兴，不冲动，就一辈子不写，但我们的诗篇依然存在。特地当它一回事，像猎人那样搜寻和期待，这算什么呢？

这是从高兴写、有写的冲动的一方面说。因为生活充实，除非不写，写出来没有不真实不恳切的，绝没有虚伪浮浅的弊病。丰盈澄澈的泉源自然流出清泉。所以描写工作，就表出厚实的力量；发抒烦闷，就成为切至的悲声；赞美则满含春意；诅咒则力显深痛；情感是深浓热烈的；思虑是周博正确的。这等的总称，便是“好诗”。好诗的成立不在乎写出的人被称为“诗人”，也不在乎写出的人有了这写出的努力，而在乎他有充实的生活的泉源啊。

生活空虚的人也可以写诗，但只是诗的形罢了。写了出来的好诗既然视而可见，诵而可听，自然凝固为一个形。形往往成为被模拟的。西子含颦，尚且有人仿效呢。所以到我们眼睛里的诗有满篇感慨，实际却浑无属寄的，有连呼爱美，实际却未尝直觉的；情感呢，没有，思虑呢，没有，仅仅具有诗的形而已。汲无源的泉水，未免徒劳；效西子的含颦，益显丑陋。人若不是愚笨，总不愿意这样做吧。

1922年7月

诗的材料

今天清早一进公园，就闻到一阵清香，我赶紧往荷花池边跑去。荷花已经开了不少了。荷叶挨挨挤挤的，像一个个大圆盘，碧绿的面，淡绿的底。白荷花在这些大圆盘之间冒出来，有的才展开两三片花瓣儿；有的花瓣儿全都展开了，露出嫩黄色的小莲蓬；有的还是花骨朵儿，看起来饱胀得马上要破裂似的。

这么多的白荷花，有姿态完全相同的吗？没有，一朵有一朵的姿势。看看这一朵，很美，看看那一朵，也很美，都可以画写生画儿。我家隔壁张家挂着四条齐白石先生的画儿，全是荷花，墨笔画的。我数过，四条总共画了十五朵，朵朵不一样，朵朵都好看。如果把眼前这一池的荷叶荷花看作一大幅活的画儿，那画家的本领比齐白石先生更大了。那画家是谁呢？

我忽然觉得自己仿佛就是一朵荷花。一身雪白的衣裳，透着清香。阳光照着我，我解开衣裳，敞着胸膛，舒坦极了。一阵风吹来，我就迎风舞蹈，雪白的衣裳随风飘动。不光是我一朵，一池的荷花都在舞蹈呢，这不就像电影《天鹅湖》里许多天鹅一齐舞蹈的场面吗？风过了，我停止舞蹈，静静地站在那儿。蜻蜓飞过来，告诉我清早飞行的快乐。小鱼在下边游过，告诉我昨晚做的好梦……

朋友在池对岸喊我，我才记起我是我，我不是荷花。

忽然觉得自己仿佛是另外一种东西，这种情形以前也有过。有一回，在公园里看金鱼，看得出了神，觉得自己仿佛就是一条金鱼。胸鳍像小扇子，轻轻地扇着，大尾巴比绸子还要柔软，慢慢地摆动。水里没有一点儿声音，静极了，静极了……

我觉得这种情形是诗的材料，可以拿来作诗。作诗，我要试试看——当然还要好好地想。

子恺的画

推算起来大概是一九二五年的秋天，那时子恺在立达学园教西洋画，住天江湾。那一天振铎和愈之拉我到他家里去看他新画的画。

画都没有装裱，用图钉别在墙壁上，一幅挨一幅的，布满了客堂的三面墙壁。这是个相当简陋而又非常丰富的个人画展。

有许多幅，画题是一句诗或者一句词，像《卧看牵牛织女星》《翠拂行人首》《无言独上西楼》等等。有两幅，我至今还如在眼前。一幅是《今夜故人来不来，教人立尽梧桐影》。画面上有梧桐，有站在树下的人，耐人寻味的是斜拖在地上的长长的影子。另一幅是《人散后，一钩新月天如水》。画的是廊下栏杆旁的一张桌子，桌子上凌乱地放着茶壶茶杯。帘子卷着，天上只有一弯残月。夜深了，夜气凉了，乘凉聊天的人散了——画面表现的正是这些画不出来的情景。

此外的许多幅都是从现实生活中取材的，画孩子的特别多。记得有一幅《阿宝赤膊》，两条胳膊交叉护在胸前，只这么几笔，就把小女孩的不必要的娇养表现出来了。还有一幅《花生米不满足》，后来佩弦谈起过，说看了那孩子争多嫌少的神气，使他想起了"翕懒的儿时"。其实描写出内心的"不满足"的，也只是眼睛眉毛寥寥的几笔。

此外还有些什么，我记不清了；当时看画的还有谁，也记不清了。大家看着墙壁上的画说各自的看法。有时也发生一些争辩。子恺谢世后我写过一首怀念他的诗，有一句"漫画初探招共酌"，记的就是那一天的事。"共酌"是共同斟酌研讨，并不是说在子恺家里喝了酒。总之，大家都赞赏子恺的画，并且怂恿他选出一部分来印一册画集，那就是一九二五年底出版的《子恺漫画》。

那一天的欢愉是永远值得怀念的。子恺的画开辟了一个新的境界，给了我一种不曾有过的乐趣，这种乐趣超越了形似和神似的鉴赏，而达到相与会心的感受。就拿以诗句为题材的画来说吧，以前读这首诗这阕词的时候，心中也曾泛起过一个朦胧的意境，正是子恺的画笔所抓住的。而在他，不是什么朦胧了，他已经用极其简练的笔墨，把那个意境表现在他的画幅上了。

从现实生活中取材的那些画，同样引起我的共鸣。有些事物我也曾注意过，可是转眼就忘记了；有些想法我也曾产生过，可是一会儿就丢开，不再去揣摩了。子恺却有非凡的能力把瞬间的感受抓住，经过提炼深化，把它永远保留在画幅上，使我看了不得不引起深思。

隔了一年多，子恺的第二本画集出版了，书名直截了当，就叫《子恺画集》。记得这第二本全都从现实生活取材，不再有诗句词句的题材了。当时我想过，这样也好，诗词是古代人写的，画得再好，终究是古代人的思想感情。“旧瓶”固然可以“装新酒”，那可不是容易的事，弄得不好就会落入旧的窠臼。现实生活中可画的题材多得很，尤其是子恺，他非常善于抓住瞬间的感受，正该从这方面舒展他的才能。

佩弦的意见跟我差不多，他在《子恺画集》的跋文中说：“本集索性专载生活的速写，却觉精彩更多。”他称赞的《瞻瞻的车》和《阿宝两只脚，凳子四只脚》，这几幅都是我非常喜欢的。还有佩弦提到的《东洋和西洋》和《教育》，我也认为非常有意思。《东洋和西洋》画一个大出丧的行列，开路的扛着“肃静”“回避”的行牌，来到十字路口，让指挥交通的印度巡捕给拦住，横路上正有汽车开过——东方的和西方的，封建的和殖民地的，在十字路口碰头了，真是耐人深思的一瞬间啊！《教育》画的是一个工匠在做泥人，他板着脸，把一团一团泥使劲往模子里按，按出来的是一式一样的泥人。是不是还有人在认真地做这个工匠那样的工作呢？直到现在，还值得我们深刻反省。

第二本画集里还有好些幅工整的钢笔画。其中的《挑荠菜》《断线鹞》《卖花女》，曾经引起当时在北京的佩弦对江南的怀念。我想，要是我再看这些幅画，一定会像佩弦一样怀念起江南、怀念起儿时来。扉页上还有一幅钢笔画，画一个蜘蛛网，粘着许多花瓣儿，中央却坐一个人。扉面背印上两句古人的词："檐外蛛丝网落花，也要留春住。"这样看来，蜘蛛网中央的人就是子恺自己了。他大概要说明，他画这些画，无非为了留住一些刹那间的感受。我连带想到，近来受了各方面的督促，常常要写些回忆老朋友的诗文，这就有点像子恺画在蜘蛛网中央的那个人了。

1981年7月2日

以画为喻

咱们画图，有时候为的实用。编撰关于动物植物的书籍，要让读者明白动物植物外面的形态跟内部的构造，就得画种种动物植物的图。修建一所房屋或者布置一个花园，要让住在别地的朋友知道房屋花园是怎么个光景，就得画关于这所房屋这个花园的图。这类的图，绘画动机都在实用，读者看了，明白了，住在别地的朋友看了，知道了，就完成了它的功能。

这类图决不能随便乱画。首先要把画的东西看得明白，认得确切。譬如画猫罢，它的耳朵怎么样，它的眼睛怎么样。你如果没有看得明白，认得确切，怎么能下手？随便画上猪的耳朵，马的眼睛，那是个怪东西，决不是猫；人家看了那怪东西的图，决不能明白猫是怎样的动物。所以，要画猫就得先认清猫。其次，画图得先练成熟习的手腕，心里想画猫，手上就得画成一只猫。像猫这种动物，咱们中间谁还没有认清，可是咱们不能人人都画得成一只猫；画不成的原因，就在于熟习的手腕没有练成。明知道猫的耳朵是怎样的，眼睛是怎样的，可是手不应心，画出来的跟知道的不相一致，这就成猪的耳朵马的眼睛，或者什么也不像了。所以，要画猫又得练成从心所欲的手段。

咱们画图，有时候并不为实用。看见一个老头儿，觉得他的躯干，他的面部的器官，他的蓬松的头发跟胡子，线条都非常之美，配合起来，是一个美的和谐，咱们要把那美的和谐表现出来，就动手画那个老头儿的像。走到一处地方，看见三棵老柏树，那高高向上的气派，那倔强矫健的姿态，那苍然蔼然的颜色，都仿佛是超然不群的人格的象征，咱们要把这一点感兴表现出来，就动手画那三棵老柏树的图。这类的图，绘画的动机不为实用，可以说无所为。但也可以说有所为，为的是表出咱们所见到的一点东西，从老头儿跟三棵老柏树所见到的一点东西——“美的和谐”、“仿佛是超然不群的人格的象征”。

这类的图也不能随便乱画。第一，见到须是真切的见到。人家说那个老头儿很美，你自己不加辨认，也就跟着说那个老头儿很美，这就不是真切的见到。人家都画柏树，以为柏树的挺拔之概值得画，你就跟着画柏树，以为柏树的挺拔之概值得画，这就不是真切的见到。见到不真切，实际就是无所见；无所见可是还要画，结果只画了个老头儿，画不出那“美的和谐”来；只画了三棵老柏树，画不出那“仿佛是超然有群的人格的象征”来。必须要把整个的心跟事物相对，又把整个的心深入事物之中，不仅认识它的表面，并且透达它的精蕴，才能够真切地见到些什么。有了这种真切的见到，咱们的图才有了根本，才真个值得动起手来。第二，咱们的图既以咱们所见到的一点东西为根本，就跟前一类的图有了不同之处；前一类的图只须见什么画什么，画得准确就算尽了能事；这一类的图要表现出咱们所见到的一点东西，就得以此为中心，对材料加一番选择取舍的工夫；这种工夫如果做得不到家，那么虽然确有见到，也还不成一幅好图。那老头儿一把胡子，工细地画来，不如粗粗的几笔来得好；那三棵老柏树交结着的丫枝，照样的画来，不如删去了来得好；这样的考虑就是所谓选择取舍的工夫。做这种工夫有个标准，标准就是咱们所见到的一点东西。跟这一点东西没有关系的，完全不要；足以表出这一点东西的，不容放弃；有时为了要增加表出的效果，还得以意创造，而这种工夫的到家不到家，关系于所见的真切不真切；所见越真切，选择取舍越有把握，有时几乎可以到不须思索的境界。第三，跟前边说的一样，得练成熟习的手腕。所见在心，表出在手腕，手腕不熟习，根本就画不成图，更不用说好图。这个很明白，无须多说。

以上两类图，次序有先后，程度有浅深。如果画一件东西不会画得像，画得准确，怎么能在一幅画中表出咱们所见到的一点东西？必须能画前一类图，才可以画后一类图。这就是次序有先后。前一类图只凭外界的事物，认得清楚，手腕又熟，就成。后一类图也凭外界的事物，根本却是咱们内心之所见；

凭这一点，它才成为艺术。这就是程度有浅深。这两类图咱们都要画，看动机如何而定。咱们要记载物象，就画前一类图；咱们要表出感兴，就画一类图。我的题目“以画为喻”，就是借图画的情形，来比喻文字前一类图好比普通文字，后一类图好比文艺。普通文字跟文艺，咱们都要写，看动机如何而定。为应付实际需要，咱们得写普通文字；如果咱们有感兴，有真切地见到，就得写文艺，普通文字跟文艺次序有先后，程度有浅深。写不来普通文字的人决写不成文艺；文艺跟普通文字原来是同类的东西，不过多了咱们内心之所见。至于熟习的手腕，两方面同样重要；手腕不熟，普通文字跟文艺都写不好。手腕要怎样才算熟？要让手跟心相应，自由驱遣文字，想写个什么，笔下就写得出个什么，这才算是熟。我的话即此为止。

1943年6月5日

谈文章的修改

有人说，写文章只是顺其自然，不要在一字一语的小节上太多留意。只要通体看来没错，即使带些小毛病也没关系。如果留意了那些小节，医治了那些小毛病，那就像个规矩人似的，四平八稳，无可非议，然而也只成个规矩人，缺乏活力，少有生气。文章的活力和生气全仗信笔挥洒，没有拘忌，才能表现出来。你下笔多所拘忌，就把这些东西赶得一干二净了。

这个话当然有道理，可是不能一概而论。至少学习写作的人不该把这个话作为根据，因而纵容自己，下笔任它马马虎虎。

写文章就是说话，也就是想心思。思想、语言、文字，三样其实是一样。若说写文章不妨马虎，那就等于说想心思不妨马虎。想心思怎么马虎得？养成了习惯，随时随地都马虎地想，非但自己吃亏，甚至影响到社会，把种种事情弄糟。向来看重“修辞立其诚”，目的不在乎写成什么好文章，却在乎绝不马虎地想。想得认真，是一层。运用相当的语言文字，把那想得认真的心思表达出来，又是一层。两层功夫合起来，就叫做“修辞立其诚”。

学习写作的人应该记住，学习写作不单是在空白的稿纸上涂上一些字句，重要的还在乎学习思想。那些把小节小毛病看得无关紧要的人大概写文章已经有个把握，也就是说，想心思已经有了训练，偶尔疏忽一点，也不至于出什么大错。学习写作的人可不能与他们相比。正在学习思想，怎么能稍有疏忽？把那思想表达出来，正靠着一个字都不乱用，一句话都不乱说，怎么能不留意一字一语的小节？一字一语的错误就表示你的思想没有想好，或者虽然想好了，可是偷懒，没有找着那相当的语言文字：这样说来，其实也不能称为“小节”。说毛病也一样，毛病就是毛病，语言文字上的毛病就是思想上的毛病，无所谓“小毛病”。

修改文章不是什么雕虫小技，其实就是修改思想，要它想得更正确，更完美。想对了，写对了，才可以一字不易。光是个一字不易，那不值得夸耀。翻开手头一本杂志，看见这样的话：“上海的住旅馆确是一件很困难的事，廉价的房间更难找到，高贵的比较容易，我们不敢问津的。”什么叫做“上海的住旅馆”？就字面看，表明住旅馆的原来是人。从此可见这个话不是想错就是写错。如果这样想“在上海，住旅馆确是一件很困难的事”，那就写对了。不要说加上个“在”字去掉个“的”字没有多大关系，只凭一个字的增减，就把错的改成对的了。推广开来，几句几行甚至整篇的修改也无非要把错的改成对的，或者把差一些的改得更正确，更完美。这样的修改，除了不相信“修辞立其诚”的人，谁还肯放过？

思想不能空无依傍，思想依傍语言。思想是脑子里在说话——说那不出声的话，如果说出来，就是语言，如果写出来，就是文字。朦胧的思想是零零碎碎不成片段的语言，清明的思想是有条有理组织完密的语言。常有人说，心中有个很好的思想，只是说不出来，写不出来。又有人说，起初觉得那思想很好，待说了出来，写了出来，却变了样儿，完全不是那么回事了。其实他们所谓很好的思想还只是朦胧的思想，就语言方面说，还只是零零碎碎不成片段的语言，怎么说得出来，写得出来？勉强说了写了，又怎么能使自己满意？那些说出来写出来有条有理组织完密的文章，原来在脑子里已经是有条有理组织完密的语言——也就是清明的思想了。说他说得好写得好，不如说他想得好尤其贴切。

因为思想依傍语言，一个人的语言习惯不能不求其好。坏的语言习惯会牵累了思想，同时牵累了说出来的语言，写出来的文字。举个最浅显的例子。有些人把“的时候”用在一切提冒的场合，如谈到物价，就说“物价的时候，目前恐怕难以平抑”，谈到马歇尔，就说“马歇尔的时候，他未必真个能成功吧”。试问这成什么思想，什么语言，什么文字？那毛病就在于沾染了坏的语言习惯，滥用了“的时候”三字。语言习惯好，思想就有了好的依傍，好到极点，写出来的文字就可以一字不易。我们普通人难免有些坏的语言习惯，只是不自觉察，在文章中带了出来。修改的时候加一番检查，如有发现就可以改掉。这又是主张修改的一个理由。

第一口的蜜

欣赏力的必须养成，实已是不用说明的了。湖山的晨光与暮霭，舟子同樵夫未必都能够领略它们的佳趣。名家的绘画与乐曲，一般人或许只看见一簇不同的色彩，只听见一阵繁喧的音响。一定要有个机会，得将整个的心对着湖山绘画乐曲等等，而且深入它们的底里，像蜂嘴的深入花心一样。于是第一口的蜜就尝到了，一次的尝到往往引起难舍的密恋，因而更益去寻觅，更益去吸取。譬诸蜂儿。好花遍野，蜜亦无穷，就永永以蜜为生了。

所以这个机会最重要。它若来时，随后的反复修炼渐进高深，实与行云流水一样是自然的事。最坏的是始终没有这个机会。譬如无根之草，又怎能加什么培养之功呢？任你怎样好的艺术陈列在面前，总仿佛隔着一幅无形的黑幕，只有彼此全不相干罢了。

可是这个机会并不是纯任因缘的，我们自己能够做得七八分儿的主；只要我们拿出整个的心来对着湖山等等，同时我们就得到机会了。什么事情权柄在自己手里时，总不用忧虑。现在就文艺一端说，我们且不要斥责著作家的太不顾人家，且不要怨恨批评家的不给人引路；我们还是使用固有的权柄来养成自己的欣赏力罢。

如果我们存着玩戏的心来对一切的文艺，我们就劫夺了自己的幸福了。玩戏的心只是一种残余的如灰的微力，只能飘浮在空际，附着于表面，独不能深入一切的底里。更就实际生活去看，只有庄严地诚挚地做一件事情才做得好。假若是玩戏的态度，便不能够写好一张字，画好一幅画，踢好一场球，种好一簇花，甚至不能够讲好一个笑话。对于文艺，当然终于不会欣赏了。我们应以教士跪在祭台前面的虔意，情人伏在所欢怀里的热诚，来对所读的文艺。这时候不知有别的东西，只有我们的心与所读的文艺正通着电流。更进一步，我们不复知有心与文艺，只觉即心即文艺，浑和不分了。于是我们可以听到作者低细的叹息，可以感到作者微妙的愉悦；就是这听到这感到，我们便仿佛有了全世界。于是我们尝到第一口的蜜了。

如果我们存着求得的心来对一切的文艺，我们就杜绝了精美的体味了。求得的心总要联带着伸出一只无形的手来，仿佛说：给我一点什么。心在手上，便不能再在对象上；即使在对象上还留着一点儿，总不能整个的注在上边。如是，我们要求的是甲，而文艺并不给我们甲，我们要求的是乙，而文艺又并不给我们乙；我们只觉得文艺是个吝啬不过的东西，不得不与它疏远了。其实我们先不该向文艺求得什么东西。我们不要希望从它那里得到一点知识，学会一些智慧，我们又不一定要从它那里晓得什么伟大的事情，但也不一定要晓得什么微细的生活。我们应当绝无要求，读文艺就只是读文艺。这时候我们的心如明镜一般，而且比明镜还要澄澈，不仅仅照得见一片的表面。而我们固有的知识智慧感情经验与文艺里边的情事境界发生感应，就使我们陶然如醉，恍然如悟，入于一种难以言说的快适的心态。于是我们尝到第一口的蜜了。

我们是读者，不要被玩戏的心求得的心使着魔法，把我们第一口的蜜藏过了。

1923年8月14日

杂谈我的写作

我虽然常常写一点东西，可是自问没有什么可以谈的写作经验。现在承中国青年写作协会函约，要我写这篇东西，我实在不知道该怎么写才合式。会中附寄来一份表，标题叫做《我怎样写作》，是教作答的人逐项填写的。我就根据表中所开各项，顺次写下去，有可以说的多写一点，没有什么可以说的略去不写；把那份表作为我这篇文字的间架，这是一个取巧的办法。

那份表的甲项是“兴趣如何发生?”。我对于文艺发生兴趣，现在回想起来，应该追溯到十二三岁的时候，在家里发现了一部《唐诗三百首》和一部《白香词谱》。拿到手里，就自己翻看；对于《三百首》中的乐府和绝句，《词谱》中的小令和中调，特别觉得新鲜有味。因为不是先生逼着读的，也就不做强记死背的工夫；只在翻开的时候朗诵一番，再翻的时候又朗诵一番而已。经籍史籍子籍中也有好文艺，如《诗经》《史记》和《庄子》，我都不能领会，只觉得这些书籍是压在肩背上的沉重的负担。那时候中学里读英文，用的本子是华盛顿欧文的《见闻杂记》（这本书和古德斯密的《威克斐牧师传》，在当时几乎是学英文的必读书，但从此读通英文的实在没有多少人；现在中学里，好像不读这些书了，但学生的英文程度还是不见高明），一行中间至少有三四个生字；自己翻查字典，实在应付不来，只好在先生讲解的时候把字义用红铅笔记在书本子上。为要记字义，不得不留心听先生的讲解，那富于诗趣的描写，那看似平淡而实有深味的叙述，当时以为都不是读过的一些书中所有的，爱赏不已，尤其是《妻》《睡谷》《李迫大梦》以及叙述圣诞节和威斯明司德奇的几篇。虽然记了字义，对于那些生僻的字到底没有记住；文章的文法关系更谈不到了，先生解说的当时就没有弄明白；但是华盛顿欧文的文趣（现在想来就是“风格”了）很打动了我。我曾经这样想过，若用这种文趣写文字，那多么好呢！这以前，我也看过好些旧小说，如《水浒》《三国演义》《红楼梦》，都曾看过好几遍；但只是对于故事发生兴趣而已，并不觉得写作方面有什么好处。

现在就乙项“写作如何开始”的第一目“开始写作的年龄”来说。我从书塾中“开笔”，一直到进了中学，都按期作文。这种作文是强迫的练习，不是自动的抒写，不能算写作。自动的抒写的开始是作诗。记得第一首诗是咏月的绝句，开头道：“纤云拥出一轮寒”，以下三句记不起了。那时我在中学里，大概是二年生或三年生。升到五年级（前清中学五年毕业）的时候，和几个同学发起一种《课余丽泽》，自己作稿，自己写钢版，自己印发，每期两张或三张，犹如现在的壁报；我常常写一些短论或杂稿，这算是发表文字的开始。民国元年，我当了小学教师，其时“社会主义”这个名词刚才输入，上海和各地都有“社会党”的组织，我看了他们的书报，就动手作一部小说，描写近乎社会主义的理想世界。大约作了四五章，就停笔了，因为预备投稿的那一种地方报纸停办了。这份稿子早已不知去向，不记得详细节目怎样，只记得是用白话写的。三年或四年，我的小学教师的位置被人挤掉，在家里闲了半年。其时上海有一种小说杂志叫做《礼拜六》，销行很广，我就作了小说去投稿，共有十几篇，每篇都被刊用。第一篇叫做《穷愁》，描写一个穷苦的卖饼孩子，有意摹仿华盛顿欧文的笔趣；以后几篇也如此。这十几篇多数用文言，好像只有一两篇用白话。这是我卖稿的开始。

过了四五年，五四运动起来了，顾颉刚兄与他的同学傅孟真罗志希诸位在北京创办《新潮》杂志，来信说杂志中需要小说，何不作几篇寄与。我就陆续寄了三四篇去；从此为始，我的小说都用白话了。接着沈雁冰兄继任《小说月报》的编辑，他要把杂志革新，来信索稿；我就作了《小说月报》的常期投稿人。此后郑振铎兄创办《儿童世界》，要我作童话，我才作童话，集拢来就是题名为《稻草人》的那一本。李石岑兄、周予同兄主持《教育杂志》，他们要在杂志中刊载一种长篇的教育小说，我才作《倪焕之》。若不是这几位朋友给我鼓励与督促，我或许在投稿《礼拜六》后不再作小说了。

新体诗我也作过，独幕剧也作过三四篇，现在看看都不成样子，比小说更差。《新文学大系》中曾选载了几篇，我翻看时很感惭愧。至于写散文，大概开始于十二三年间，就是现在中学国文教本中常见的《藕与莼菜》《没有秋虫的地方》那几篇。那些散文的情调是承袭诗词的传统的，字句又大多是文言的，当时虽自觉欢喜，实在不是什么好文字。以后，我主编《中学生》杂志，这种杂志的一个特点是注重语文研究，我就与亲家夏丏翁合作一部《文心》，按期刊载。这部书用小说体裁叙述学习国文的知识和技能，算是很新鲜的；至今还被许多中学采用，作为学生的课外读物。《文心》完成之后，我的写作几乎完全趋向国文教学方面，小说和散文都很少作了。直到最近，因为职务的关系，和朱佩弦兄合作了一部《精读指导举隅》，一部《略读指导举隅》，还是属于这方面的。这两部是中学国文教师的参考书。现在中学教国文，阅读方面有“精读”、“略读”两个项目，都应由教师加以指导，然后学生自己去修习，修习之后，再由教师加以纠正或补充（实际上这么办的并不多）；我们这两部书算是指导的具体例子，希望我们的“同行”看了，能够采纳我们的意见，并且能够“反三”。

乙项的第二目是“开始写作的倾向”，下列四个子目，其中两个是“爱用白话”和“爱用文言”。这在前面已经说过了，不必再提。可是我另外有要说的。我是江苏人，从小不离乡井，自幼诵习的又都是些文言书籍，所以初期的白话文和“五四”时候一班作者一样，文言的字眼和文言的语调杂凑在中间，可以说是“四不像”的东西。以后自己越写越多，人家的东西越看越多，觉得这种“四不像”的文体应该改良。仅仅把“之”字换了“的”字，“矣”字换了“了”字，“此人”换了“这个人”，“不之信”换了“不相信他”，就算是白话文吗？于是我渐渐自己留意，写白话要是纯粹的白话。直到如今，还不能完全做到，但是我希望有一天能够完全做到。关于纯粹不纯粹的标准，我以为该是“上口不上口”；在《精读指导举隅》，曾经谈到这一层，现在摘录一部分在这里：

> 白话文里用入文言的字眼，与文言用入白话的字眼一样，没有什么可以不可以的问题，只有适当不适当，或是说，效果好不好的问题。要讨论这个问题，可以从理想的白话文该是怎样的想起。
>
> 白话文依据着白话，是谁都知道的。既说依据着白话，是不是口头用什么字眼，口头怎样说法就怎样写法呢？那可不一定。如果一个人说话一向是非常精密的，自然不妨完全依据着他的说话写他的白话文。但一般人的说话往往是不很精密的，有时字眼用得不切当，有时语句没

有说完全，有时翻来覆去，说了再说，无非这一点意思。这样的说话，在口头说着的时候，因为有发言的声调、面目与身体的表情等帮助，仍可以使听话的对方理会，收到说话的效果。可是，照样写到纸面上去，发言的声调、面目与身体的表情等帮助就没有了，所凭借的只是纸面上的文字，那时候能不能也使阅读文字的对方理会，收到作文的效果，是不能断定的。所以在写白话文的时候，对于说话不得不作一番洗炼的工夫。洗是洗濯的洗，就是把说话里的一些渣滓洗去；炼是炼铜炼钢的炼，就是把说话炼得比平常说话精粹。渣滓洗去了，炼得比平常说话精粹了，然而还是说话（这就是说，一些字眼还是口头的字眼，一些语调还是口头的语调，不然，写下来就不成其为白话文了）；依据这种说话写下来的，才是理想的白话文。

文字写在纸面，原是教人看的，看是视觉方面的事情。然而一个人接触一篇文字，实在不只是视觉方面的事情，他还要出声或不出声地念下去，同时听自己出声或不出声的念。所以“阅”“读”两个字是连在一起拆不开的。现在就阅读白话文说，读者念与听所依据的标准是白话，必须文字中所用的字眼与语调都是白话的，他才觉得顺适，调和，起一种快感。不然，好像看见一个人穿了不称他的年龄、体态、身份的服装一样，虽未必就见得这个人不足取，但对于他那身服装至少要起不快之感。而不快之感是会减少读者和作品的亲和力的，也就是说，会减少作品的效果的。把以上两节话综合起来，就是：白话文虽得把白话洗炼，可是经过了洗炼的必须仍是白话，这样，就体例说是纯粹，就效果说，可以引起读者念与听的时候的快感。反过来说，如果白话文里有了非白话的（就是口头没有这样说法的）成分，这就体例说是不纯粹，就效果说，将引起读者念与听的时候的不快之感。到这里，可以解答前面所提出的问题了。白话文里用入文言的字眼，实在是不很适当的足以减少效果的办法。

或者有人要问：现在国文课里，文言也要读，这就有了文言的教养；既然有了文言的教养，写起白话文来，自然而然会有文言成分从笔头溜出来；怎样才可以检出并排除那些文言成分，使白话文纯粹呢？这是有办法的，只要把握住一个标准，就是“上口不上口”。一些字眼与语调，凡是上口的，说话中间有这样说法的，都可以写进白话文，都不至于破坏白话文的纯粹。如果是不上口的，说话中间没有这样说法的（这里并不指杜撰的字眼与不合语文法的语句而言），那便是文言成分，不宜用入纯粹的白话文。譬如约朋友出去散步，决不会说“我们一同去闲步一回”。走到一处地方，头上是新鲜的树荫，脚下是可爱的草地，也决不会说“这里头上有清荫，脚下有美草”。可见“闲步”“清荫”“美草”是不上口的。又如“你只能循着那锦带似的林木想象那一流清浅”（徐志摩《我所知道的康桥》中的文句）一语，在口头说起来，大概是“你只能沿着那锦带似的林木想象那清浅的河流”，可见“想象那一流清浅”是不上口的。只要把握住“上口不上口”这个标准，即使偶尔有文言成分从笔头溜出来，也不难检出了。

到这里，还可以进一步说。譬如董仲舒有句话：“正其谊不谋其利，明其道不计其功。”这明明是文言的语调。可是，“从前董仲舒有句话道：‘正其谊不谋其利，明其道不计其功。”’这样的说法却是口头常有的，口头常有就是上口，上口就不妨照样写入白话文。如“知其不可而为之”一语出于《论语》，语调也明明是文言的。可是，“某人作某事是知其不可而为之”。这样的说法，却是口头常有的，口头常有就是上口，上口就不妨照样写入白话文。前一例里的“正其谊不谋其利，明其道不计其功”所以上口，因为说话说到这里，不得不引用原文。后一例里的“知其不可而为之”所以上口，因为说话本来有这么一个法则，有时可以引用成语。在“引用”这一个条件之下，口头说话既不排斥文言成分，纯粹的白话文当然可以容纳文言成分了。这与前一节话并不违背，前一节话原是这样说的：凡是上口的，说话中间有这样说法的，都可以写进白话文，都不至于破坏白话文的纯粹。

现在再就字眼说。如《易经》里的“否”与“泰”两个字，表示两个观念，平常说话是决不用的，当然是文言字眼。可是经学或哲学教师解释这两个概念的时候，口头不能不说“这样就是否”与“这样就是泰”的话，他也许还要说“经过了否的阶段，就来到泰的阶段”。在这些语句里，“否”与“泰”两个字上口了，就把这些语句写入白话文，那白话文还是纯粹的。试看这两个字怎样会上口的呢？原来与前面所说一样，也是由于“引用”。

同时我以为写文言也得纯粹，写“梁启超式”的文言就不该搀入古文格调，写唐宋古文就不该搀入骈体文句，否则都好像“一个人穿了不称他的年龄、体格、身份的服装一样”。偶尔写文言，我就认定这个标准，不敢含糊。现在有些人写信，往往文白夹杂，取其信笔写来，不费思索，又便利，又迅速；我也常常这样。可是要知道，这种体裁要写得好，很不容易。在语文素养较深的人，文言中搀几句白话，或者白话中搀几句文言，虽在作者写的当时并不曾逐句推敲，但解析起来，一定是足以增进文字的效果的。素养较差的人如果学它，增进效果的好处既得不到，反而使文字成为七拼八凑的一件东西；还是不要学它的好。

丙项“写作生活的叙述”的第一目是“写作时间的选择”。这很简单，我从小就不惯熬夜，所以不曾有过深夜作文的事情；所有我的文字，当教师的时候便在课余写，当编辑的时候便在放工以后写，夜间当然要利用，可是写到九点十点钟，非睡觉不可了。第二目是“写作场合的选择”。我的文字大多在家里写，下笔的时候，最好家里人不说话，不在我眼前有什么动作，因为这些都要引起我的注意，使我的思想不能集中。邻家的孩子哭闹，汽车电车在门外往来，对于我就没有关系，我好像没有听见什么声音似的。在旅馆里开了房间作稿，我也干过两三回，可是成绩并不好。在旅馆里虽与一切隔离，桌子椅子也比家里舒服，然而那个环境不是平时熟悉的，要定下心来写东西自然比在家里难了。第三目是“写作二三小事”，下列三个子目，其中一个是“写作速率与持久力”。我的写作速率以前比较高，三四千字的一篇文字一天工夫便完成了。以后越来越低，到近几年，一天至多写一千五百字，写七八百字也是常有的事。这大概由于以前不大琢磨，后来知道琢磨了。我的琢磨常常在意思周密不周密和情趣合适不合适上，为了一个词儿和一种句式的选定，往往停笔好久，那当然快不来了。《倪焕之》的写成是很机械的，全部规定刊载在一年《教育杂志》的十二期里，我就每个月作两章，每两章总是连续写一个星期，有空就写，不管旁的事儿。这部书在笔调方面，前后不很一致，这该是许多原因中的一个。第三目三个子目中，又有一个是“作品的修删”。我在完篇之后，大概不很修删。但并非信笔挥洒，落纸就算。我把修删工夫移到写作的当时去，写了一句就看这一句有什么要修删，写了一节又看这一节有什么要修删，写作与修删同时进行，到完篇时，便看不出再有什么地方要修删了。修删当然运用心思，可是我还用口舌，把文句一遍又一遍地默念。直到意思和情趣差不多了，默念起来也顺口了，我才让那些文句“通过”。这个办法，我自己知道有弊病；因为一边写作一边修删，就不免断断续续，失掉了从前文章家所说的“文气”。然而我的习惯已经养成，要改变却不容易了。

丁项是“写作上的困难”。我每有了朦胧的意思，不动手就写；把它放在心头，时时刻刻想起它，使它渐渐地显出轮廓来。有的过了好久好久，还只是个朦胧的意思，那时就不免感到烦闷。我没有写笔记的习惯，想到一些细节目，都记在心上。想到之后，顺便把它安排（如这一节对于人物的描写该放在某处地方，这几句对话该让篇中人物在什么时候说出来）；落笔的时候自不能绝不改动，但改动的究竟是少数。轮廓和细节都想停当了，我才动手写。写的时候，工夫大多花在逐句逐节的琢磨上，前面已经说过了。因为一切有了眉目，我并不感到茫然无所措手足；可是把想停当了的东西化为文字，犹如走一段很长的路程，一步不到，一步不了，因此总有一种压迫之感。直到写下末了一节的末了一个字，我才舒畅地透一口气，把那种压迫之感解除了。丁项列有五目，其中有一目是“作品的结局”。这有一点可以说的。我很留意作品的结局，结局得当，把全篇的精神振起，给读者一个玩味不尽的印象，是很有效果的。我的结局也预先想定，不但想定大意，往往连文句也先造成了，然后逐步逐步地写下去，归结到那预定的文句。我有一篇短篇小说叫做《遗腹子》，叙述一对夫妇只生女孩不生男孩，在丈夫绝望而纳了妾之后，大太太却破例地生了个男孩，可是不久那男孩就病死了。丈夫伤心得很，一晚上喝醉了酒，跌在河里淹死。

大太太发了神经病，只说自己肚皮里又怀了孕，然而遗腹子总是不见生出来。到这里，故事已经完毕，结局说："这时候，颇有些人来为大小姐二小姐说亲了。"这句话表示后一代又将踏上前一代所走的道路，生男育女，盼男嫌女，重演那一套把戏，这样传递下去，不知何年何代才得休歇。又有一篇叫做《风潮》，叙述一群中学生因为对于一个教师起反感，做了点越轨行动，就有一个学生被除了名。于是大家的义愤和好奇心不可遏制，起来捣毁校具，联名退学，个个都自以为了不起的英雄。到这里，我的结笔是"路上遇见相识的人，问他们做什么时，他们用夸耀的神气回答道：'我们起风潮了'"。这个结笔把全篇终止在最热闹的情态上，"我们起风潮了"这句话，含蓄着一群学生极度兴奋的种种心情。以上两个例子，似乎是比较要得的结局。

戊项"写作的完成"的第一目是"作品完成后的感觉"。作品完成之后，我从不曾感到特别满意，往往以为不过如此，不如想象中的那个轮廓那些材料那么好。可是我也并不懊恼，我的能力既只能写到如此，懊恼又有什么用处。第四目是“批评对作品的影响”。我不很留心登在报纸杂志上的那些批评文字；那些文字不是有意挑剔，就是胡乱称赞，好像谈的是另外一回事儿，和我的文字全没关系。我乐意听熟悉的几个朋友的意见，我的会心处，他们能够点头称赏，我的缺漏处，他们能够斟情酌理地加以指摘，无论称赏或指摘，我都欢喜承受，作为以后努力的路标。

写到这里，一份表算是填完了。复看一遍，其中并没有什么经验足以贡献给青年作者的，很觉惭愧。

我和儿童文学

先说我是怎么写起童话来的。

我的第一本童话集《稻草人》的第一篇是《小白船》，写于一九二一年十一月十五日，我写童话就是从这一天开始的。接着在十六日、十七日写了《傻子》和《燕子》；隔了两天，在二十日又写了《一粒种子》。不到一个星期写了四篇童话，我自己也不敢相信了。这种情形不止一次，那一年十二月二十五日到三十日，也是六天，写了《地球》《芳儿的梦》《新的表》《梧桐子》《大喉咙》，一共五篇。一九二一年冬季，正是我和朱佩弦（自清）先生在杭州浙江第一师范日夕相处的日子，两个人在一间卧室里休息，在一间休憩室里备课，闲谈，改本子，写东西。可能因为兴致高，下笔就快些。朱先生有一篇散文记下了那些值得怀念的日子，中间提到我写童话的情形，说我构思和下笔都很敏捷。我自己可完全记不起来了，好像从来不曾这样敏捷过。

我写童话，当然是受了西方的影响。“五四”前后，格林、安徒生、王尔德的童话陆续介绍过来了。我是个小学教员，对这种适宜给儿童阅读的文学形式当然会注意，于是有了自己来试一试的想头。还有个促使我试一试的人，就是郑振铎先生，他主编《儿童世界》，要我供给稿子。《儿童世界》每个星期出一期，他拉稿拉得勤，我也就写得勤了。

这股写童话的劲头只持续了半年多，到第二年六月写完了那篇《稻草人》为止。为什么停下来了，现在说不出，恐怕当时也未必说得出。会不会因为郑先生不编《儿童世界》了？有这个可能，要查史料才能肯定。从《小白船》到《稻草人》，一共二十三篇童话编成一本集子，就用《稻草人》作书名，在一九二三年十一月出版，列入《文学研究会丛书》，因为我是文学研究会的会员。

《稻草人》这本集子中的二十三篇童话，前后不大一致，当时自己并不觉得，只在有点儿什么感触，认为可以写成童话的时候，就把它写了出来。我只管这样一篇接一篇地写，有的朋友却来提醒我了，说我一连有好些篇，写的都是实际的社会生活，越来越不像童话了。那么凄凄惨惨的，离开美丽的童话境界太远了。经朋友一说，我自己也觉察到了。但是有什么办法呢？生活在那个时代。我感受到的就是这些嘛。所以编成集子的时候，我还是把《稻草人》这个篇名作为集子的名称。

在以后这三年里，我只写了六篇童话，我记不得了，是一位年轻朋友查到了告诉我的。一九二五年的“五卅”运动把我的注意力引到了别的方面，直到大革命失败以后，我才写了一篇《冥世别》。当时，无数革命青年被屠杀了，有些名流竟然为屠夫辩护，说这些青年是受人利用，做了别人的工具，因而罪有应得。我想让这些受屈的青年出来申辩几句。可是他们已经死了，怎么办呢？于是想到用童话的形式，让他们在阴间向阎王表白。这篇童话不是写给孩子们看的，所以后来没有编进童话集。我在这里提一下，是想说明有些童话可能不属于儿童文学。给文学形式分类下定义本来是研究者的事。写的人可以不必管它。

一九二九年秋天，我写了《古代英雄的石像》。这篇童话引起好些误解，许多人来信问我，这个石像是不是影射某某某。我并无这个意思，只是说就石头来说，铺在路上让大家走，比作一个偶像，代表一个实际上并不存在的英雄有意义得多。后来续安徒生的童话，作《皇帝的新衣》，我也并不是用这个皇帝影射某某某。一九三一年六月，我的第二本童话集《古代英雄的石像》出版，一共收了这两年间写的九篇童话。写得少的缘故，大约是做了许多年编辑工作，养成了不敢随便下笔的习惯。

直到一九五六年，中国少年儿童出版社要我选自己的童话若干篇，编成一本集子。他们说，这些童话虽然是解放前写的，让现在的孩子们看看，知道一些旧社会的情形，也有好处。我同意了，选了十篇，编成了《叶圣陶童话选》。这十篇中，《一粒种子》《画眉》《稻草人》是一九二一年到一九二二年写的，可以代表一个阶段；《聪明的野牛》是一九二四年写的，不曾收进童话集；《古代英雄的石像》《皇帝的新衣》《含羞草》《蚕和蚂蚁》是一九三一年到一九三三年写的，可以代表另一个阶段；最后两篇是一九三六年年初写的《鸟言兽语》和《火车头的经历》（在这两篇之后，就没有写过童话了）。我把这十篇童话的文字重新整理了一遍，因为这是给孩子们阅读的，不敢怠慢，总想做到通畅明白，念起来顺口，听起来顺耳。

打倒“四人帮”之后，中国少年儿童出版社打算重排《叶圣陶童话选》，要我增选几篇。我答应了，从第一本集子《稻草人》中选出《玫瑰和金鱼》《快乐的人》《跛乞丐》三篇，从第二本集子《古代英雄的石像》中选出《书的夜话》和《熊夫人幼稚园》两篇，都经过重新整理，加了进去。为了区别于以前的版本，把书名改成《〈稻草人〉和其他童话》，在去年八月出版。

这几本童话集的插图，我都很喜欢。《稻草人》是许敦谷先生的钢笔画，《古代英雄的石像》是丰子恺先生的毛笔画，《叶圣陶童话选》是黄永玉先生的木刻。丰子恺先生和黄永玉先生是国内国外都知名的画家，许敦谷先生比他们早，现在知道他的人不多了。在20世纪20年代，许先生为儿童读物画过不少插图，似乎到了20世纪30年代，就看不到他的新作了。

好的插图不拘泥于文字内容，而能对文字内容起画龙点睛的作用，许先生画的就有这个长处，因而比较耐看：他的线条活泼准确，好像每一笔下去早就心中有数似的，足见他素描的基本功是很深的。丰先生和黄先生的插图，工力也很到家。对儿童文学来说，插图极其重要，是值得研究的一个方面。

除了童话，我写过两本童话歌剧，一本叫《蜜蜂》，一本叫《风浪》，都请人配了谱，在20世纪20年代出版过。可是内容是什么，我完全记不起了，想找来看看，托了好几个人，至今还没有找到。此外还写过一些儿童诗歌，大多刊登在早期的《儿童世界》，有的也配了谱。

在儿童文学方面，我还做过一件比较大的工作。在一九三二年，我花了整整一年时间，编写了一部《开明小学国语课本》，初小八册，高小四册，一共十二册，四百来篇课文。这四百来篇课文，形式和内容都很庞杂，大约有一半可以说是创作，另外一半是有所依据的再创作，总之没有一篇是现成的，是抄来的。给孩子们编写语文课本，当然要着眼于培养他们的阅读能力和写作能力，因而教材必须符合语言训练的规律和程序。但是这还不够。小学生既是儿童，他们的语文课本必得是儿童文学，才能引起他们的兴趣，使他们乐于阅读，从而发展他们多方面的智慧：当时我编写这一部国语课本，就是这样想的。

在这里提出来，希望能引起有关同志的注意。

解放以后，我只给儿童写过几首短诗，几篇散文，刊登在哪儿，也记不清了。总是忙。林彪、“四人帮”横行的那些年倒是闲了，可是哪有心情写什么东西呢？现在精力不济了，而且又忙了起来，许多事情还必须赶紧去做。儿童文学的园地不久也会万紫千红的，我正在拭目以待，作个鼓掌喝彩的人。

1980年1月17日

给少年儿童写东西

写文学作品要注重语言，写少年儿童读的文学作品尤其要注重语言。

为什么？

因为作者要把自己的所见所闻所思所感告诉读者，使读者接受，不靠别的，光靠语言。

为什么给少年儿童写东西尤其要注重语言？

因为少年儿童还在学习语言的阶段。如果作者写的语言是正确的，健康的，美的，就能使少年儿童受到熏陶，潜移默化，养成良好的语言习惯。

少年儿童善于模仿，还不大善于鉴别，作品中如果打些不正确不健康不美的语言，少年儿童读了却当作好范例，就可能养成不好的语言习惯。

语言要正确，指合乎实际。看见了什么，听见了什么，想到了什么，感到了什么，必须扼要地如实地写下来。唯有这样，才能达到写东西的目的，使读者不折不扣地知道作者要告诉他的是什么。要是不然，何必写呢？

语言要健康，指合乎语法。语法就是正常人的语言习惯。正常的人在交流思想的时候，就是这样说的，这样写的。语法决非捆住作者的手脚的绳索。作者要使读者接受自己想表达的东西，选词造句就必须合乎语法，也就是按照正常的人的语言习惯来写。

对文学作品来说，合乎实际了，合乎语法了，还要美。

美决非矫揉造作，装腔作势。光在选词造句上用功夫，堆砌许多形容词，杜撰一些叫人无法捉摸的词和句式，都是无济于事的。不但无济于事，还会使少年儿童受到很坏的影响。如果他们以为文章就得这样写，不这样写不成其为文章，岂不是被引入歧途了吗？

美出自心灵，出自作者的高尚的情操。这样说似乎有点玄虚，其实是可以捉摸的。高尚的情操包括对人生的理解，对未来的向往，对社会的责任感；再说得具体些，高尚的情操就是时时刻刻想到自己在人民之中，是社会的一员，应该而且必须为人民为社会作有益的事，一辈子这样，决不改变。

作者有这样高尚的情操，他的写作态度就必然是真诚的，一定要自己有所得——也就是有了鲁迅先生说的真意才动笔。他从自己熟悉的事物中确定写什么，然后凭自己理解的程度把它写下来。这样写成的作品即使不加修饰，非常朴质，也自然有一种内在的美，因为它出自真诚，表现了高尚的情操。

技巧当然还是要讲究的，怎么组织材料，怎么表现主题，都是要考虑的技巧问题。技巧决不是弄虚作假，故作高深。有高尚的情操的作者决不肯用这种手段来炫耀自己多么有才华，讲究技巧最主要的是选择最切当的形式把真意表达出来，包括规划整篇和选词造句。这样做，归根结底是为了读者，尽一切可能使读者容易接受，而且理解得比较深入。

给少年儿童写东西，尤其不能忘了读者，不能忘了读者是少年儿童；一定要使少年儿童喜欢看，看了能懂，能得到好处，无论在品德方面，知识方面，还是娱乐方面。

一篇文章当然不能包罗万象，要是空空洞洞什么都没有，就非常之坏，不但白费了纸张印刷，少年儿童们，还有少年儿童们的老师和家长，都会不满意的。

要给少年儿童写好东西，必须先了解少年儿童，先向少年儿童学习。希望有志献身于少年儿童文学的人不要脱离少年儿童，只有长期生活在少年儿童中间，对少年儿童有了真挚的感情，才有可能为少年儿童写出他们喜爱的有益于他们成长的好作品来。

祝《东方少年》为繁荣少年儿童文学创作做出积极的贡献。